落在光里的事物

张小平 著

陕西新华出版
太白文艺出版社·西安

图书在版编目（CIP）数据

落在光里的事物 / 张小平著. -- 西安：太白文艺出版社，2025.3
ISBN 978-7-5513-2557-8

Ⅰ. ①落… Ⅱ. ①张… Ⅲ. ①诗集－中国－当代 Ⅳ. ①I227

中国国家版本馆CIP数据核字(2024)第062646号

落在光里的事物
LUOZAI GUANGLI DE SHIWU

作　　者	张小平
责任编辑	蔡晶晶
封面设计	花　青
版式设计	建明文化
出版发行	太白文艺出版社
经　　销	新华书店
印　　刷	三河市腾飞印务有限公司
开　　本	787mm×1092mm　1/32
字　　数	120千字
印　　张	9.375
版　　次	2025年3月第1版
印　　次	2025年3月第1次印刷
书　　号	ISBN 978-7-5513-2557-8
定　　价	58.00元

版权所有　翻印必究
如有印装质量问题，可寄出版社印制部调换
联系电话：029-81206800
出版社地址：西安市曲江新区登高路1388号（邮编：710061）
营销中心电话：029-87277748　029-87217872

我曾试图写出天堂
别动。让风说话

　　　　——埃兹拉·庞德

不知《易》不足以言"诗"(序一)

子夏问曰:"'巧笑倩兮,美目盼兮,素以为绚兮。'何谓也?"子曰:"绘事后素。"曰:"礼后乎?"子曰:"起予者商也!始可与言《诗》已矣。"(《论语·八佾第三》)夫子此处说的"言诗",即谈论《诗经》,也即鉴赏诗词。这需要一定的思维方法和文化水准,以《易》为源头的中国式思维——形象思维和类象思维就必不可少了。

明代医家孙一奎在《医旨绪余》里隋唐大医家、药王孙思邈曰:"不知易者不足以言太医。"后又有明代大医家张介宾也肯定了"医"与"易"的关系,并于1612年写出《医易义》,深赞孙思邈之论"不知易不足以言太医"。无论如何,这里说的是,言"医"要以《易》的思维方式为基础。同理,言"诗"也要以《易》的思维方式为基础。《易》是中国文化的源头,也是中国人思维的起点,所以在我看来,可以进一步说：不知《易》不足以言"诗"。这个论断应与孙思邈、孙一奎、张介宾等大师的论断有异曲同工之妙。

诗者，失也。有失而必有情绪要表达，把那些表达情绪的语言创作成韵律辞章就是诗。词者，辞也，辞别、别离也，最初把辞别的语言作为辞章成为词。歌者，隔也，因有隔阂或距离而朗声唱对，辞章得以成歌，如对歌、情歌等。又有，古音"诗"发"sī"音，诗者，思也，因思念、思想、思虑、思考而有词句并成为诗。诗言志，志是心志。赋者，抚也，抚慰也。故而，诗词歌赋无非是对荣辱得失等的情思志趣取"象意"和"象思"的文字表述，这些表述还要非常考究。所谓象意和象思，都是"易"的思维方式，是八卦类象而已。故曰：不知《易》不足以言诗。

孙思邈提出"大医精诚"，这个"诚"字是《中庸》的内核，也是对北宋大儒周敦颐哲学思想的提炼。"大诗精诚"，优秀的诗词是发自肺腑的感叹，或悲天悯人的忧患，或寄情形于物象的思维，等等。诗词华章必然通于"易理卦象"，因为"易学思维"不仅有中国传统文化特有的逻辑思维，也有形象思维、意象思维、直观思维、直觉思维，推类思维等等。事实上，易学很好地概括了诗词的思维方式，所以，以《易》论诗，理应成为鉴赏诗词的最佳方法。这也是确立中国文化自信，强调"文化自我"，在诗词鉴赏和批评领域建构中国文化主体性的路径和切入口之一。

古诗，尤其是近体诗，都有阴阳对仗和物象对仗。古诗的抑扬顿挫是阴阳五行平衡的表现，古诗的比兴手法是物象与事体的对照和关照。而近体诗，尤其是律诗和绝句更是讲究平仄对仗，还出现了对联式样的严格的词语对仗结构，本质上都是易学思维的阴阳、动静、刚柔、内外、多少、大小等等的体现和表征。例如王之涣《登鹳雀楼》："白日依山尽，黄河入海流。欲穷千里目，更上一层楼。"我们发现这四句诗每两句一组为平仄相反，对仗很工整，同时又呈现出名词对名词，动词对动词，副词对副词，数量词对数量词，形容词对形容词，这样的词句符合阴阳平衡的规律。再深层次考察一下这首《登鹳雀楼》，前两句是写物象，后两句则是写意境。每两句诗都有虚有实，有动有静，有刚有柔，有朝西（"依山尽"）就有向东（"入海流"），有欲（"欲穷"）就有行（"更上"），妙得很。

我们如果熟悉易学的八卦——乾、坤、震、巽、坎、离、艮、兑的类象群，鉴赏近体诗就会有如鱼得水般的舒畅感。比如唐代杜甫《绝句》："两个（兑）黄鹂（兑）鸣（兑）翠柳（兑），一行（乾）白鹭（乾）上（乾）青天（乾）"。第一句集中了兑卦的象，第二句集中了乾卦的象。"窗含（兑）西岭（兑）千秋（乾）雪（乾），门泊（兑）东吴（先天兑）万里（乾）船（乾）"。后两句诗中每句的前两个词是兑卦的象，后面的两个词则都是乾卦的象。上下两句一一对应，分毫不差。再看我们熟知的这两句："坐地（坤）日行（乾）八（坤）万里（乾），巡天（乾）遥看（坤）一（乾）千河（坤）"，坤卦在帛书《周易》中叫川卦，川也就是河。这两句正好成反对：上句的坤、乾、坤、乾，对着下句的乾、坤、乾、坤，非常美妙。按照这个思路，翻阅《诗经》《楚辞》《唐诗三百首》《宋词三百首》，我们把这些诗词转化为卦象，会发现都有规律可循。要研究辨析优美无比的诗词，就是看这首诗或词是否集中了某类卦象或者某两类卦象，以此集中类象的方式表达哲理、事物和情感，便会给人以纯粹的美感和震撼之感。

中国是一个有几千年文明史的诗词大国，其诗词在世界范围内无与伦比地宏大。为什么中国人爱诗词，能理解诗词，其实这与我们在社会生产和生活方式中形成的思维方式不无关联。中国人非常习惯于形象思维方式，这种思维方式是类象思维，也叫象思维或意象思维，也是形象之间的关联性思维。我们经常讲吃什么补什么，比如吃核桃补脑，这是因为核桃的象与大脑的象，非常相像。再比如吃豆子补肾，原因在于肾和泡胀的豆子很相像。吃葡萄补眼睛，眼睛像滴溜溜的葡萄。诗词就是形象思维的运用，是用意象的方式把有关联的象类聚起来。换一种说法，就是将一类象、两类象或多类象聚合起来，构筑出诗词的意境和氛围，从而表达作者的意思、情思、情绪、情愫，或者让读者设身处地地体会作者的情境美，甚至把读者自己也置于这样的"象群"中，去个性化接受、感受、体验、共鸣、共情，甚至互动和再创作。

打个比喻，我们进入一大片花海，单一元素或者色彩的花海：春天田野里的整片油菜花、梨花、杏花或者桃花等等单一的花海世界，夏天单一颜色的玫瑰世界，秋天金黄色菊花的海洋中，甚至坐在整片的薰衣草田里，整片的麦浪中，等等，我们心中的美是震撼美，是壮美，是纯粹没有杂染的美，是可以迷失自我融入进去的美。这实际上是纯粹的一类"象"的聚合，也就是整体的大的"象群"带给人们的震撼和美感。这种单一类象在日常生活中还表现为一大捧单一色的玫瑰，一大捧单一色的绣球花，一大捧单一色的百合花，等等，献给您，那种美感，令人震撼。

如果是两种花进行对比，或者两种色彩进行对比，抑或是花儿与绿叶进行对比，其中一种是衬托，另一种则是主要表现者，这种比兴手法、暗喻等关于美的表现方式往往也令人印象深刻。这种美，主要体现在传统的插花艺术上，花与花之间，有主有次，有高有低，有前有后，或者至少也要平衡中和。对这种美的体会很雅致或者很有趣，甚至充满寓意和哲理。中国的古代诗词总是含蓄其意，从上述举例来看，古诗词大多是这样两类象的聚合。当然，多种花色攒簇在一起，组成一捧花送给您，您也养眼，感觉很美，不过却缺了一种震撼和纯粹美。一片花海的草原或者原野阡陌上各种野花盛开，我们在其中徜祥，心情会非常愉悦，却不会有大片的纯色花海带给我们的震撼美。我之所以用这个比喻，是让我们理解多种类的卦象聚合起来的诗词歌赋和文章，有美，有意，有价值，也可以鉴赏，不能说不好，毕竟这也是美，一种复杂美，但不能说极好了。

这段关于花的比喻，想必我应该说清楚了类象的情况和诗要集中类象才更美的推断。那么，假设把这种类象作为表达方式放进诗词中，是不是一种写作和鉴赏的通道呢？以这种方式去鉴赏和评价诗词，是不是更接近诗词形式上的本质呢？我们再来看唐代高适《别董大》："千里黄云白日曛（乾），北风吹雁雪纷纷（坎）。莫愁前路无知己（坎），天下谁人不识君（乾）。"前两句是六十四卦的天（乾）水（坎）讼卦，后两句就是水（坎）天（乾）需卦。一边"诉（讼卦）"说，一边告诉对方有人"需（需卦）"要他。"六翮飘飖私自怜（坎），一离京洛十余年（乾）。丈夫贫贱应未足（乾），今日相逢无酒钱（坎）。"这后边四句又是前四句两个六十四卦卦象顺序的颠倒，先需卦，再讼卦。又如宋代杨万里《过松源晨炊漆公店》："莫言下岭便无难（艮），赚得行人错喜欢（兑）。正入万山围子里（兑），一山放出一山拦（艮）。"前两句卦象组成损卦，后两句卦象组成咸卦，有损有咸，是不是很有意思？当然，对于诗中的每个字词如果我们再细分，又会有内在的卦象对仗着。

我们可以再来欣赏一下元代马致远的一首小令《天净

沙·秋思》:"枯藤老树昏鸦,小桥流水人家。古道西风瘦马,夕阳西下,断肠人在天涯。"前边两句对应后天八卦的巽卦,这让我们想到江南的秋,后边三句是后天八卦的乾卦,我们自然想到的是西北的秋。卦象在这首小令中如此集中,读来优美无比。有人在这首小令的第三句后边用了句号,恰好说明加标点的人根本不懂卦,当然也不懂卦象思维,不懂卦象集中的美。同样,马致远的老师白朴《天净沙·秋》也很美:"孤村落日残霞,轻烟老树寒鸦。一点飞鸿影下。青山绿水,白草红叶黄花。"这是一束七彩斑斓的花丛,读来没有马致远的《秋思》那样纯粹,震撼感也略输一筹,原因就是卦象明显驳杂了。

我的夫人张小平教授(诗人柔剑),长期和我一起研究中国古典"易、老、庄",又爱写诗和吟咏。尽管她长期从事西方语言文学研究和教育,但身为儒学大家张载先生的二十八代裔孙,她自小就深受中国传统文化的熏陶和滋养。这种集体无意识或者文化无意识也使她的现代诗创作充满了古典美,也在自觉或不自觉中使用着古人的技法——具象聚类,善于不经意间把"形象思维的某类象汇集起来",仔细用卦象思维的方式去品读,也都是能集中去展示卦象的好诗。我个人非常同意北京外国语大学汪剑钊先生在《子非花:柔剑的诗》的序言"影子的影子"中对她的论断,"她的诗仿佛脱胎于中国古代的婉约词,柔婉、含蓄、细腻、清丽",也非常支持中山大学陈希先生在《子非花：柔剑的诗》的序言中为柔剑诗歌提炼的美学特征——"子非花"诗学，不仅"闪烁着庄子、白居易的美学光辉，也体现了马拉美的诗学特点"。《落在光里的事物》是柔剑继《子非花：柔剑的诗》之后的另一部诗集，感谢太白文艺出版社对柔剑诗歌创作事业的支持，希望她能坚持不懈，用诗歌点亮生命，在诗歌的浩瀚宇宙中焕发出灼灼光辉。

好诗是八卦中的一个卦，或者六十四卦中的某一对卦。翻开《落在光里的事物》，映入眼帘的这首《崇明，遇到陈家镇》，整体是乾卦的意思，每个词都可以归入乾卦的象中，刚健善行，自强不息。《断章帖》就是坎卦，如果坎卦后天被兑卦替代了，这首诗还真有兑卦的影子。日为离卦，月为坎卦，新月又为兑卦，兑卦又是断了的象，先天八卦坎位，在后天八卦正好是兑卦，太妙了，这又是先后天八卦综合汇象之妙用。《以一列西去的列车之名》这首诗有两个卦象，震卦和巽卦。震卦为列车，巽卦为风物，两个卦又组合成了六十四卦的恒卦和益卦，恒卦和益卦的交替，表征出的是永恒之益，益之恒定。这首诗虽然没有近体诗的对仗，却合于古诗的意境美。《初识南昌》是乾卦，那么大的乾卦，从微小处可见天道。初识为开端，乾卦为第一卦；南昌为先天乾卦位而昌；整首诗关于滕王和做过皇帝的海昏侯都是乾卦的象，八一的子弹以及诗中提到的江山等物象都可归于乾卦。这真是纯粹的美！这里仅仅举柔剑新诗集《落在光里的事物》中的几个例子，权当窥一斑而见识全豹吧。读者诸君在欣赏美妙词句的时候，也可自行在心中映照出一个群象，体会类象的美，如果能做易学的研读，那便是另一种境界。

朋友们，不妨有空读读诗，读读《落在光里的事物》，顺便学学《易经》，学学取象，把生活融入惬意中。

是为序。

河南省爻圭易研究院院长亿法求
2024年初冬于郑州

名家点评、六剑评柔剑与柔剑诗观

一、名家点评

在我看来，创作和研究应该是相互支持和推进的，创作的经验应该帮助研究者找准目标和节点，研究的成果则可以增加创作的深度和厚度。近年来，文学研究和文学创作之间"老死不相往来"的局面有所改观，一部分高校建立了驻校诗人、驻校作家制度，开设了创意写作专业；同时，一大批学者加入了文学创作的队伍。相比散布于全国各个省市作协、文学院的专业作家和签约作家，他们这种非职业性的写作不为养家糊口，而仅仅出于兴趣和爱好，基本没有什么功利性，因此显得更为纯粹和自由。同时，由于他们具有学院背景，他们在理论素养和文学视野上又具有一部分职业作家所缺乏的优势。这方面，扬州大学的张小平教授（柔剑）便是其中非常突出的一位。通读张小平的诗稿，我觉得她的诗仿佛脱胎于中国古代的婉约词,柔婉、含蓄、细腻、清丽。

——汪剑钊,北京外国语大学教授、博士生导师、诗人、翻译家

柔剑(张小平)是西方语言文学专业教授,成就斐然的学者,典型学院派出身诗人,从诗歌精神和责任担当来看,无疑属于"知识分子写作"的价值取向;但是,从审美方式和语言表达来看,她的诗歌创作不是倾向于知识的炫耀和理论的迷津,而是将审美触角扎根于现实生活,立足于真实的欲望和鲜活的感悟,具有民间写作的价值。在当下诗歌面临词语和心灵的双重困境,自甘平庸,陷于世俗、疏阔苍白的状态下,柔剑的诗歌在对生活的提炼、历史的反思、意象的营造、语词的突破、想象的升腾以及表达的创新上,具有启发意义。

柔剑是一位追求诗意的执着女性,无处不在的诗情,信手拈来,率性而为,自然真切。她的诗灵动而质朴,温润而饱满,不乏细腻与柔情,但总体上很大气、通脱,巾帼不让须眉。她的诗作既崇尚个性,更让一切感受冲击心灵。整体上说,柔剑虽然是美国文学专家,但她的诗歌立足本土语境和审美体验,她的诗歌是用阳光写就的诗,明媚温馨;是用花朵合成的歌,芬芳辽远。她的诗心是一树一树的花开,是燕在梁间呢喃,有缠绵,有困苦,有忧伤,是爱,是生长,是希望。

《庄子》"子非鱼",表达的不是事物本身,而重点在"非",这实际上已经做了一个假设即"不是",那么后面发

生的一切都是枉然。白居易"花非花，雾非雾"，表达对于生活中存在过而又消逝了的美好事物的追念、惋惜，往事虽美，却如梦如云，不复可得。……马拉美论述象征主义的审美方式时指出，如果向读者展示花的形象，那么马上任何可触可见的花均被遗忘，而尽人皆知的花朵之外的东西，即理念，却从遗忘中浮现出来。艾略特《玄学派诗人》也有类似论述。柔剑可谓开拓了独属于她的"子非花"诗学，不仅闪耀着庄子、白居易的美学光辉，也体现了马拉美的诗学特点。这构成了她诗歌的个性和风格，避免了同质化的泛滥。并且，除了汲取和融合庄子"子非鱼"的感同身受和顿悟、白居易"花非花"的朦胧浪漫以及马拉美的象征理论这三方面诗学资源之外，还转化和显示出一种内涵和特质，那就是对"非"的强调和运用，审美方式上倾向悖论表达。

好的诗歌可以清澈见底，同时却又深而难测。平凡而独特，不事矫饰朴素自然而直达诗的本质；情感表达与理性依托相结合，这便是柔剑诗学的特质。玄远神秘切入生命本体，妙理与哲思寄寓纯净的抒情文字当中，强烈的浸润性和强劲的穿透力透过纸面冲击心灵，回味无穷，不能释怀。既反对浪漫主义的"自我陶醉"，又悬置现代主义对真理的"本质沉思"。可以说，柔剑是一个具有精神向度的探索者，是一位有诗学追求、值得期待的诗人。

——陈希，中山大学教授、博士生导师、诗人、评论家

诗坛"七剑"的中坚——柔剑的诗,语言婉转,富有音乐美;思路细腻,想象力丰富,佛道之理充沛,情感缠绵,诗意灵动。通读七剑的创作后我们会认同,他们的创作好似武林高手"以气御剑",神采飘逸、不拘一格而又浑然天成、直指人心。在他们的诗歌中,强烈地流露出当代中国人对中国式问题的洞察、对中国式生存的慰藉、对中国生命的守护和热爱,以至于在更宽广、更深邃的维度去开掘诗性、灵性和神秘性的精神世界。因而,七剑的创作也是当代汉语写作的一个缩影。他们在保留汉语诗歌节奏鲜明、格式和谐、意象含蕴的基本美学追求的基础上,拥有了较之先贤更为广阔的诗化对象、跨文化的创作参照,拥有了古典诗人不可能拥有的生活形态、知识体系、思维方式和生存意识,具有博大胸怀和社会责任感,承载着更丰富的内涵,诸如自由、理性、博爱、和平、公义、真理等核心价值。

——杨克,广东省作家协会副主席、广东外语外贸大学云山学者、诗人

柔剑的诗善于在自然的、历史的、现实的意象中注入自身的思考和感受,从而赋予诗歌以内在的张力。她诗歌中的思想、哲理、物象、意境在语言中不露痕迹地融为一体,从而获得了诗意的完整性。同时她善于拉开物象与语言之间的关系,拉开客体与主体的关系,把相去甚远的词与物召唤一起,从而强化了诗歌的韧性和表现力。

弗洛斯特说：诗一路走，一路找寻它自己的名字。最终，它会发现有绝妙的东西在等待着它。柔剑的诗就是在一路行走中，一边观察，一边发现，词与物最终在行经的途中，出现了奇妙的相遇。这种相遇的瞬间如同海德格尔的一束光芒，破除遮蔽，敞开存在，显现出诗性的世界。如同她诗歌中所表达的那样："雨，遣散行人/云，在林子外徘徊/……能记起的，只有雨落在枝头的颜色。"仿佛："回眸处，江山正好/一个人，走走停停。"又仿佛：从一棵树到另一棵树/上面挂满皎洁的经文。从这些诗句中可以感受到柔剑诗歌中的思想情感都是通过具体的形象表达出来的，并具有一定的想象力和穿透性。

一个诗人，尤其是一个好的诗人，必须要有自觉的语言意识和敏感的感受力，并善于在某个瞬间能够迅速地捕捉。阅读柔剑的诗能够给人一种温和的、诗意的、美好的感受。这种感受来自作者的乐观主义精神。她试图用理想之光照亮现实中阴影部分，从而使诗歌呈现出事物存在中的艺术力量。

——沙马，安庆市诗歌学会会长、诗人

柔剑的诗读来非常舒服，一则典雅，有知识分子的洁净和温暖，即使思考严肃的问题，她也愿意用优雅的方式表达；二则精致，炼字炼意炼意象，情景相融、虚实相间，有余韵，颇有中国古典诗风之气象；三则深邃，取境源自日常，其思望之深远，微末人世，邈远宇宙，心到意到，确实学者本色；四则深情，是诗歌本色，也是其人本色，字字句句，皆由心出，一个不留神，便有诗句动人肺腑。

——王瑛，华南农业大学教授、诗人、评论家

诗坛"七剑"之一的柔剑（张小平）的诗，与其笔名意蕴一致，冷静的叙事基调中，意象闪进自如，简洁明快，剑过无痕。

——雪鹰，镇江市文学艺术研究院研究员、诗人

思想者的诗歌，只有以思想者的思维，才能读出诗者的高度。张小平是一位思想者，也是一位诗人，且是一位很有灵性的诗人，一位很精致的诗人。她的思想、灵性与精致，表现在她选择性地用一个个具有独特魅力的汉字，匠心独具地组合成一首又一首富有思想内涵、灵性而精致的诗。细品诗境，不仅能悟出其对生活的敏锐发现和独特思考外，还能从诗的唯美中，品意外之意，体味外之旨，产生"咏之者无极，闻之者动心"的艺术效果。

文学是读心的学问，一如修行，需要静思、感悟，需要对生活进行反刍。张小平的诗，思想深沉细腻，情感凹凸有致，张力十足。"这手心里的江南/正如泣如诉/大提琴弹奏出季节最美的高度""隐约你就成了一朵牡丹/粉红色的花瓣柔指般/

向上伸展""柔美的月光/盛开的花朵/再美的春光/都不及一句亲娘"。这些饱含人间真情的诗句,让读者在含而不露中,萦绕弦外流音。

鉴别诗的好坏,没有固定的标准。读一首诗歌,只要你能够情不自禁顺应她的指引,进入一种境界,感受到她的体温和深刻内涵,享受一种超然的美,那就是好诗。张小平的诗就是好诗!

"午夜的等候,原是与雪的邀约/你不来,我不会离开",让我们在静读中享受她的诗歌之美吧!

——谢舜波,中国作家协会会员、汝阳市作家协会副主席、诗人

"夜里的树,是/一首诗/你仰望她的时候/她也在看你/你问脚下的树叶/风带你来了这里/他去了哪里/风凉凉的,吹起/一缕头发"。柔剑(张小平)这首诗写得简洁生动,虚实相宜,动与静和谐共生,尤其结尾,笔触自然地荡开,意境愈发深远。细细品来,整首诗颇有禅的意味!

首先,我把这首诗读作一首自然之诗,是诗人身心与外界环境的自然融合,夜色、树、脚下的树叶、风,这些都是身边的自然之物,万物皆有灵性,只要用心就能感受到外物的"情感"灵犀,正所谓"境由心造"。同时,我也愿意把这首诗读作一首关于诗的诗,或者换言之,这也是一首以诗写诗的诗,

从中或可领悟到诗和诗人的关系:诗,乃自然而然之物,她就在那里,等待着诗人的到来。人与自然、诗和诗人本为一体,一荣俱荣,一损俱损。

一首诗,一如朦胧夜色中的那棵树,在风中婆娑摇曳。"你仰望她的时候/她也在看你。",诗人写诗,诗也在写诗人。比如此刻,我们在读这首诗,这首诗也在阅读我们,启迪着我们的心神……

——林荣,中国作家协会、河北省文艺评论家协会与现代禅诗研究会会员、诗人

张小平等江苏诗人在高校工作又身兼批评家、诗歌研究学者的身份,无论在诗歌主旨还是表达方式、风格等方面都秉持独特的"智性""理性"姿态。这些具有多重身份的诗人和评论家对于推动江苏诗歌的写作和诗歌理论的双向发展,具有不可小觑的作用。

——罗小凤,扬州大学教授、博士生导师、诗人、评论家

柔剑的诗给人的总体印象是春天撒落一地的花瓣。她的每一首诗都是一株花树,每一句诗句都是一根花枝,枝上缀满了繁复的花朵,这些花朵是构成诗句的词,而每一个唯美的意象就是一枚花瓣。当春风吹过,花瓣就撒落了。这一印象与我对她本人的印象是合一的,我曾在一首小诗里这样形容柔剑——"如花瓣一样,避过浮尘"。如花瓣一样的诗人,如花瓣一样

的诗。这些美丽的花瓣在柔剑的作品里俯拾皆是,它们是诗人赠予读者的"嫣红",一片、两片,或无数片,无论它们覆盖哪里,它们就是美本身,美应该是柔剑在诗歌创作中追求的目标之一吧。

——伊青,扬州大学教师、诗人

柔剑(张小平)之人,内文明而外柔顺。柔剑之名,恰如其人,恰如其文。生于古都洛阳、血液中流淌着天然"剑"气的柔剑,其描绘自然风物的诗间却有金戈铁马之声,正是"三千大世界。一刹那/都从指尖呼啸而过";而常年生活在"酒暖香温倍悄然"之扬州的柔剑,诗境更不乏"柔"之风韵。所以,就有了她的诗歌"衔一束碧色的柳枝/垂长发至水流潺潺处"的婉转情思。当然,柔剑之诗其张弛不止于此,"金木水火以刚柔相济"的哲思,似草蛇灰线,伏脉千里,却又读来"一叶一菩提"。

——魏磊,淮阴师范学院副教授、文学博士

二、六评柔剑

柔剑的诗,如渭北春天树,令人眼前一亮。

——龚刚,澳门大学教授、博士生导师、诗人、评论家,七剑之论剑

柔剑是"七剑"诗群中唯一的女剑客，也是当年中国较为年轻的英语教授之一。柔剑以研究美国当代文学为主，一直坚持诗歌创作，这种坚守和坚持，体现了小平教授取舍的智慧和雅量。她的诗既有城市与乡村的原始之美，也有对现代都市的优雅描述，更是对她内心孤独的进一步阐释。她的诗歌会让你感到语言与心灵之间的融合，让你体会到灵魂悲凉而又想美丽地挣脱。她的白鸟、孤鹭、鹧鸪、紫花、康河、母亲和姐姐、珊瑚树与故居、疼痛与回眸，看似有些凌乱和破碎的空间分割，实际上有各自枝蔓在暗中缠绕。柔剑的诗可贵之处在于：诗歌的画面如此静谧，水晶似的光亮始终在节奏中徜徉，情节和事件似乎在行走，而情感的叙述却像在跳舞，其目的在于表达情感自身的价值与美感、质地和灵动。她的诗也如其笔下研究的论文一样，有电影化的蒙太奇镜头，将传统的、经典的物象寄情为意象，依赖某些隐喻、扩张暗示、明晰象征，营造诗意，使得每个看似虚构的情节都在语言场中得到功能性展开，从而把对世界的阐释变成了读者心灵的体验与叙述。

——李磊，仲恺农学院教授、诗人、评论家，七剑之花剑

空灵和唯美是柔剑诗歌的一大特色，白鹭的意象在她古典美的诗句中不染纤尘。柔剑的诗节奏舒缓，气息稳重，常常在不经意间直抵人心。

——杨卫东，夷陵中学高级教师、诗人，七剑之问剑

柔剑是一位拥着安静而舞蹈的女子。从她的著作和诗歌中可以找到这样一个脉络：灵魂在混沌中挣脱，进入优雅的诗意旋律中。爱美，是女子的天性，而柔剑对美有着自己独特的审视和追寻。她以智者之眼和包容之心，融合着身边的事物，在静谧的空间里擦亮悲悯和爱的火种。她在生活的参与者与旁观者之间，进行着蒙太奇式角色转换，在"自我"与"现实"的碰撞中，使自己从执着中豁达起来，包容和接受任何追求美的方式。她的诗，往往体现出高于宗教的虔诚。柔剑对传统国学有深厚的积淀，她的诗，立足平凡、混沌的日常而领悟出烟火的禅意。以新性灵的触角，赋予了身边事物无限的可能性，将情感、哲思不动声色地呈现出来。她的诗语看似漫不经心，但恰恰体现了"柔"的力量，使读者在阅读中不知不觉地与诗人达成心有灵犀的默契。

——田夫，诗人，七剑之和剑

柔剑是一位很有文化情怀的诗人。伊河、洛水、长江、黄河是她诗意的根，河洛文化栖息着她的诗魂。柔剑的诗飘逸、灵动，意义多重，淡淡的道神之意，萦绕其中，这与柔剑作为一位学者诗人，受中西文化滋养而又在中西文化之间深耕，密不可分。

——朱坤领，中山大学教师、博士，七剑之霜剑

柔剑的诗,轻柔而沉重,轻灵而厚重,入世而出世。她的诗处于一种短暂而又永恒的状态,也即霍米·巴巴意义上的介于两者之间,以一种深度介入的姿态,横穿细微而又广袤的真实,而又同时贯穿哲学、美学、文学与科学等领域。虽然如此,读柔剑的诗却仿佛她又在超越,有"万花丛中过,片叶不沾身"之感。这大概由于柔剑在外国文学研究领域开拓了"混沌学文学批评"范式有关,作诗与作文,时时融通而又时时"分形"。

——薛武,扬州大学教师、博士,七剑之灵剑

三、柔剑诗观

刺点,也即痛点,拉丁语为"Punctum",是法国哲学家罗兰·巴尔特的术语。在巴尔特看来,人会死亡,当时之物会逝去。但通过摄影,我们却由瞬间进入了平静,进入了永恒的死亡之中。诗歌,也当如是。

非派之派,乃诗歌最高境界,如庄周之鲲鹏展翅、晓梦蝴蝶,虚虚实实,时空无界,子非花,子亦是花。悖论熔铸风格,边界吸纳众生。此乃真性灵。

诗境如禅境。诗与禅都以人对宇宙、人生真谛的妙悟为

本，诗境与禅境的高下，皆取决于悟境的深浅。境界有高下之分，也有阔大与逼仄之别，是否圆融和圆满，是有差别的。写诗最关键的是确立诗意，有诗意才有诗境，如果不能立起诗意，就不可能有好诗境。以此类推，没有好诗境，就不会有好意象；没有好意象，纵然语词、章法、句法和格律如何上乘，也没有好诗歌。这大抵类似于南宋著名诗论家严羽所说："禅道惟在妙悟，诗道亦在妙悟"。(《沧浪诗话》)所以，拙以为，只有对诗境有透彻的领悟，才能写出诗之妙品。毕竟写诗不是讲道理，过于严肃和哲思，难免流于说理。诗歌必须用意象说话，用珠线缀起鲜活的意象，让诗歌就如灵动的画作，想必就是妙品了。

写诗如参禅。因为诗与禅，都是活法，而非死法。写诗和学诗，要不拘一家一言，不限一派一路。要广泛阅读，取古今中外、百家之长，要在规矩之内，而又出规矩之外，有定法而无定法，无定法而有定法。"道可道，非常道"。在悖论之上，形成"子非花""花非花"之虚、空、静的美学特质，想必不仅是禅之道，也是诗之道了。

诗语如禅语。飞花摘叶，轻灵深邃，乃诗之佳境。句里呈机，言中辨的，为禅之妙语。诗语如禅语，重在含蓄，不落言筌，羚羊挂角，透彻玲珑，婉转磅礴。换言之，真正的好诗，尽可能做到"不着一字,尽得风流"(《诗品》),也即,言有尽而意无穷。

　　菩萨本无相。诗人要绘就笔下万千人物或天地万物,就要呈现众相。众相之后,则定是诗人之无相。然,无相不等于没有相,则恰是相的变换和多元而呈现出的无相。诗人即天人,天人要骑天马。不过,天马不能盲目行空,而要着地。世间万物,信手拈来,皆可入诗,这或许正是佛家所说的"自性是佛""即心即佛"。作为一名当代诗人,游走在中西文化之间,如果能在灵性、灵悟、聆察和顿悟之外,加上对宇宙万物的观照与关爱,方有大境界。

　　——张小平,扬州大学教授、博士生导师,七剑之柔剑

目 录

✦ 辑一 孤独是人的命定状态

003. 崇明，遇到陈家镇
005. 现实之外：康桥晚风之论道
007. 断章帖
008. 桂花开了又开
010. 孤独是人的命定状态
011. 以一列西去的列车之名
013. 霜降时分
015. 初识南昌
016. 轮回之旅
017. 深秋时节
019. 世界就是这样终结的
021. 红尘之中

023. 倏忽之间，或南下有帖

025. 君居北国地

027. 该焚香了

029. 从江南到中原

031. 尾声

033. 淡出

035. 烟雨之上

037. 黄昏来临之际

038. 归来

041. 冬至：陌生而又熟悉

043. 红墙之外，或许江南正飞雪

044. 十二月

045. 一切都蓬勃向上

✦ 辑二　落在光里的事物

049. 夜空下的树枝

051. 卦曰明夷

052. 落在光里的事物

053. 初雪

054. 小寒

055. 轮回，或一次想象的投射

057. 窗口的一棵树

058. 危险与美

059. 我是一枚鹤骨笛

061. 每一处山川都是父母的模样

063. 新生的气息

064. 一树春梅

065. 一枚喑哑的铃铛

067. 落日又一次消失

068. 早春

069. 把重藏在轻里

071. 花非花：闲居观小女作画

073. 花魂说

074. 春风，何止十里

076. 命运共同体

077. 具茨山行

078. 清明时分

080. 听到花开的声音

081. 四月的样子：银婚有约

082. 暮色里打坐的家乡

083. 遗世独立的情人

084. 天际处

086. 走一路芬芳

087. 种一朵蔷薇

088. 琅月湖外的阳光

089. 语言的边界抵达处

090. 留一分月色

091. 一张阳光的脸

093. 说好的我们都要好好的

095. 凝视

097. 禅定

◆ 辑三　在一小团阳光里欢喜

101. 野菊蓝莹莹的

103. 夜

105. 一枝花

107. 一簇饮了红酒的玫瑰

109. 在一小团阳光里欢喜

110. 你是懂草木的

112. 虫鸣

114. 一滴雨

116. 刺点

117. 背影

119. 夹河

120. 月圆时分

121. 暴风雨

122. 一眼千年：访神垕百年卢钧

124. 百年卢钧帖

125. 长夏帖

127. 梨，夜里自己落了下来

128. 岁月

130. 生命是用来起舞的

132. 柔剑

134. 邗江九月

135. 风居住的街道

137. 黄土地的温热

138. 生活在别处

139. 每一缕光都在注视之内

140. 访坎特伯雷大教堂

142. 宵樱：用风月照亮风月

143. 蝴蝶飞了，黄叶落了

144. 秋色

145. 一枚红叶的长度

147. 芦花飞晚

✦ 辑四 时间煮茶

151. 对着西斜的影子

152. 怜

153. 时间烹茶

155. 收藏

156. 时间简史

158. 小酒馆

159. 秋叶

160. 一片落寞的白

162. 奔月

164. 从梦境中飞出

166. 车行焦山

168. 回眸处

170. 时光燃烧后的样子

171. 她到处在画蝴蝶

172. 无尽的黄昏

173. 降临之前

174. 时间骑在江水的脊背

175. 你与大地

177. 五朵金莲

178. 时间的驭手

179. 雾、人、鸟

180. 简约

182. 月

183. 与蓝天一样舒展

184. 渡

185. 封印

186. 三月,遗世而独立

188. 油菜花开满通往故乡的原野

189. 苍茫

191. 声声慢

192. 余论

193. 在这袅袅娜娜的人间

195. 倾了的城

196. 飞过水边的蒲苇

197. 去与一棵树对视良久

199. 慢生活

201. 止语香溪

202. 是时晴好

✦ 辑五　你的手充满时间

205. 你若安好

206. 江湖一夜

208. 见字如面

210. 道法自然

212. 时间在炉上

213. 虚实帖

214. 生命

215. 一片叶

216. 世界，是一只蝶

217. 城市在光与影中流动

218. 从一片月光开始

219. 鹭岛记忆

221. 长满了绿色的青苔

223. 以一只蝶的时间

225. 听雪落的声音

227. 一池小寒

229. 存在是单声部的

231. 梅

232. 龙湖野兔

234. 玫瑰开着,或另有其意

235. 雨水时分

236. 原地

237. 从不遮蔽:玉兰帖

238. 忧伤或如夜空的蜡梅

240. 雁归来

241. 以对一朵花的深情来读一本书

242. 威士忌加冰:黄昏照影

244. 时间是一群游鱼

246. 黄昏与昙花

247. 指尖间的宇宙

248. 独白

249. 空房间

250. 一如往昔

252. 绿皮火车

253. 红蓼的旁边是狗尾巴草

255. 如此轻

256. 灼伤的时光

257. 静夜绘

258. 返回时间的河流

259. 只有草木

260. 转瞬即逝的美

辑一

孤独是人的命定状态

崇明,遇到陈家镇

打开所有的花木
让她们献上祖国七十岁生日的祝福

打开所有的房门
请"玫瑰""樱花""棕榈"与"梧桐"独为你而驻足

打开所有的灯光
让你远道而来,却宾至如归

相见,不一定是旧识
相识,不奢望会永远

今夜,我不住花房
花儿给了祖国,我只是一棵树

落在光里的事物

你却还是请来了远道而来的普洱
一枝仲夏之后,还能盛放的海棠

2019.10.05

现实之外:康桥晚风之论道

某日,因《七剑诗选》寄予友人,慨叹字迹不佳,泽庆君好意劝之,却引来一世、二世乃至三世观之争论。雅风录之,我略改其语,也算人生雅事。

我说,人可以生生世世
因而,这一世要修行

你却急令令,胡扯
哪有来世,我活在当下

雅风一旁观望,我不知道
有没有来世,但我希望有

百年与蝼蚁,生命与虚无

落在光里的事物

这一世的修为,一定要有

躲在屏幕后。这一生一世
所有的相遇,所有的努力
都要在时间的沙漏之后

没有中间地带。物质与存在
只有灵魂。灵魂可以出逃
现实之外

2019.10.12

辑一

断章帖

说到广陵,就有些醉了
字里行间
都兑了三分月色

2019.10.14

桂花开了又开

不日,将赴重庆大学参加全国美国文学研讨会。从2008年第一次参加由陕西师范大学举办的全国美国文学研讨会,迄今,已逾十个年头。当初我不过一学术"小白",回望走过的路,人生太匆匆。

十年了。都说十年磨一剑
长剑倚天,剑挂扶桑

十年了。所有的故人都已陈旧
所有的事物都还是新的

十年了。江南的桂花开了又开
时间还在走时间的路

十年了。我不过从初识他的长安走到山城
山一程,水万重

剑门关外,嘉陵之上
江湖依然辽阔

缱绻如影随行
此时,我站在这里回望风景

风景的尽头,桂花开了又开
十年磨一剑的故事还会传诵

2019.10.16

落在光里的事物

孤独是人的命定状态

从未想过我会如此眷念你
连同绵延如草原般的蒲苇和荒草
孤独是人的命定状态
就如窗外的桂花,开了又开
草木也有孤独的时候
曾经的荷叶田田
满池塘的簇拥已交给了飞鸟
只有水底的游鱼,还没上岸
落叶在黄昏后开始飘零
枯瘦的枝头,已准备好
将冬的黑白交付一场飞雪
恰如人间的情侣
缤纷不过一个季节

2019.10.18

以一列西去的列车之名

火车从小桥流水的江南开出
一路蜿蜒向西
穿过蔚蓝的长江上游
宜昌若上天遗留人间的大颗明珠
在午后的阳光下熠熠夺目
山林袅袅,炊烟升起
恩施土家族的屋顶
一棵绿竹的飘逸隐退在夜色之后
穿过古巴国的崇山峻岭
潜江、巴东、建始、涪陵
曾经书页后的城市
借火车的蜿蜒,出落得亭亭玉立
夜色下。温暖俏丽的重庆

落在光里的事物

以一列西去的列车之名
正闪烁着波斯猫的眼睛

2019.10.21

霜降时分

参加第七届国际叙事学会议,来到江西,入住滨江宾馆。赣地人杰地灵,多奇山峻峰,有庐山、井冈、三清与龙虎,可谓仙人道场。先慈自幼习道,去世后也梦中告知到了东南。

霜降时分。沿江的草木
其实还很绿
想象的晶莹,只是我的泪滴
我把季节化成了属于您的故事
也把属于您的洁白
落在了您的那棵树
树仰望着蓝天,而我只仰望着您
所以,我从江南起程,一路南下
追随着仰望您的目光
从扬子江来到赣江

落在光里的事物

来到赣江边的南昌
继续仰望您屹立的那座山峰

母亲,原谅我一次吧

我多想当一回唯心主义者
多想相信您就在不远处山峦的竹林里
因为带我今晚一路来到南昌的林荫道
就是阳明先生
我在阳明路上走了三个来回
只为了赴一场梦里才会与您有的约会

2019.10.25

初识南昌

说到叙事,就来到了赣江
桂花正在江水之外
悄悄落下
只有曾经的重檐亭台
滕王与海昏侯的浓墨重彩
还在黄昏后
三经五纬的街巷
如一曲大提琴悲悯的独奏
如旷野上一支埙笛的喑哑
深沉的,永远是这人间的叙事
八一纪念馆里子弹纷飞的日子
拾级而上
醒目的红色廊柱上
我清楚地看到了:"江山入座"

2019.10.26

落在光里的事物

轮回之旅

黄昏时分。终将两年的足迹
贴进了几张纸内

分类、整理、打包
不忍心,还是忍了

碎片而整齐,分裂却成体系
贴好的足迹,如我半生蜕过的皮

为了再次去往远方的足履
天黑之前,不得不越过一小撮坟茔

2019.10.31

深秋时节

迎着寒冷。一路向西,也向北
白杨已脱尽了罗衫
栾树也卸下初秋才披上的芳菲
流水追着西斜的金乌
走了一程又一程
终是掏空了汹涌的长江水
河汊尽头,麦苗撑起疲惫
错将一抹没入地平线的碧绿
当作江南的芦苇

不见蒹葭苍苍
只有陌上归人

一路向西,也向北

落在光里的事物

万物都已洗尽铅华
阔大奔放的黄土地,正敞开他粗笨的身躯
不需金线菊的妖娆,不要隋堤杨柳的姣好
从江南来。她只借了一绺晚熟稻米的金黄
交付岭洼之外北国的坦荡

2019.11.07

世界就是这样终结的

酒,不过一种介质
醉酒,也只是桥段
就如断桥借伞,也如放歌康桥
在康河的柔波里
人人都是青藻深处的一尾小鱼

摇曳的烛光,着红衣的贵妃
一滴眼泪,不过是昨日的月光
王朝的女人,终究是历史深处的
一阕悲凉。从无到无
世界就是这样终结的

一声叹息,也曾三日绕梁
一缕青丝,也曾寸断肝肠

一声抽泣。自此,江湖长相忘

托一曲高亢的《醉酒》
换成他人俗世午后的一缕暖阳
夕阳处,依稀美妙的羽衣霓裳
也曾国色
也曾天香

2019.11.12

红尘之中

骑车回了一趟航院
大学路上,法国梧桐浓密的树荫
依然有经年的阳光。细细碎碎地
藏满了光阴的故事
似水流年。坐在矮矮的板凳上
与小南门的裁缝,随便聊着
这个似曾熟悉的女人
缝纫机上踏出的音符
像极了我二十年密密麻麻的青春

常回来看看
住了这么久,就是家了
她的叮嘱,像极了天堂里的母亲
一种初冬的温暖于滚滚红尘之中

落在光里的事物

似乎不曾离去,也并没有走远

房子要拆了,你搬到新区吗
不去了,这里的街坊都熟悉
即使北京上海的回来
也都会过来改改衣服
我也会来的。起身与她道别
站在航海路的街角
我使劲抹了抹眼睛

2019.11.12

倏忽之间,或南下有帖

《庄子·应帝王》有曰:南方之帝为倏,北方之帝为忽,中央之地曰浑(混)沌。倏与忽相遇于混沌之野。

呼啸的列车,冲破气流的阻碍
裹挟着北中国的凛冽
将杨树与白桦的挺拔
直接铺设成了南下的铁轨
遇山开路,逢水架桥
一路向南,我们
不谈蜿蜒
不说勾连
中原与淮扬之间,只有奔放的原野
红砖平阔的商丘
吆喝着河南腔的徐州

落在光里的事物

屹立淮河两岸的合肥

演绎六朝秦淮粉黛的金陵

遥相呼应北国的粗犷与南国的婉约

试图推开窗。璀璨抑或斑斓

都在视野之外

城市的高楼

乡村的旷野

高速时代

世界,只在倏忽之间

混沌,已是南北之外

2019.11.13

君居北国地

记得那年冬天
他在路边等我
雪,铺满了他的黑发
一双眼模糊在晶莹的镜片之下
抱在怀里的大衣暖得几乎融化

多少年过去
人潮汹涌的站台
冷月如梅花
落满少年曾经丰润的脸颊
而那始终不渝的大衣
依然在他温暖的双臂
恰似那年飘雪的夜晚

026

落在光里的事物

我从南方来
君居北国地

2019.11.14

该焚香了

该焚香了。孤独的老屋
大门敞开,一双始终朝外的眸子
东墙角下,去年的野菊已到黄昏
不见归人的足履
石板路上,只有夕阳的跫音

站在世界这头,我远远与您对视
循着弯弯曲曲的树根
从山里到山外
从黄淮到伏牛

该焚香了。借一盆新培的绿萝
借红枫枝头的一轮明月
我把自己化作窗外的一池枯荷

落在光里的事物

深深地弯下腰
母亲啊,今夜
您就是江南那一册澄明的贝页

2019.11.16

从江南到中原

穿越一次次寒冷,抵达温暖的北方
要走过桦树白色的落叶
要穿越芦花如霜的河岸
一群野鸭飞过宁静的湖面
一只白鹭,在星空下盘桓
落日,一直在西行的尽头
与荻花一起,将原野尽染

泛黄的是旧日的伤感
银杏,早已铺满龙湖的堤岸
我们从草地走过
一蓬璀璨的茅草
亭亭,撑起碧水蓝天

落在光里的事物

穿越一次次寒冷，抵达温暖的北方
要走过二十年的记忆
要直面春天有过的蹒跚
胯下最好有一匹马
它该是金色的
披上初冬的暖阳
从江南到了中原

2019.11.26

尾声

匆匆走过金陵。湿润的雨丝

落满记忆宽宽窄窄的街巷

中华门前法国梧桐的金黄

玄武湖畔飘香的桂子

若明若暗的天际线

大排档门口长长的夕阳

你家楼前的小水塘

依稀还有相偎的水鸟

雨中,看不到它们沉甸甸的羽翼

只有纷飞的细雨

遇上北方的暖阳

乌黑的眼眸还在寻觅

旧城墙上的鼓楼

烟雨江南

落在光里的事物

依稀有裂缝了的木吉他
依稀有身着白衣的少年

2019.11.28

淡出

六年前的足履
再走一次
空灵,或是空寂
经幡,与高跟鞋
一切都还在风中
一切又不在风中

与夕阳拥抱
再与其作别
将红叶的热烈还给山
让千佛崖的灿烂归于初冬

空谷,有安坐的菩萨
再次归来。我的眼中

落在光里的事物

只有一弯初升的新月
从古刹的檐角
淡出

2019.11.29

烟雨之上

赴宁开会,因缘巧合,得遇南朝石刻。书与远方,竟都相遇金陵。幸甚记之。

一切都在烟雨江南
千年相逢
千年谋面
粉墙之上,呼之欲出的不仅是
墨色的瓦当
若隐若现的,那是南朝的楼台

青苔,还留在暮春时分
依稀写下萧氏靖王文辞的华美:
"杂花生树,群莺乱飞"
书简斑驳处。六朝往事

落在光里的事物

在擎天华表的残缺之上
在砖石浮雕的精致之中

辟邪,依昂首阔步
历史,却早已深埋
湖水之下,冥府幽深
几多沉默的故事
早托付乌桕树的枝丫
如刀。烟雨之上
一幅中国工笔画

2019.12.01

黄昏来临之际

天空殷红美
在黄昏来临之际

挣扎着
被吞噬、被挤压的痛

生长的原野上的江河
四季奔腾

遇阻碍而坚韧
毁灭后又重生

它们的美

2019.12.08

归来

某年某月,剑桥曾有四少年,美其名曰剑桥四子。又某年某月,分别自京、沪、扬、常起程,约学友睿姐聚于西子湖畔。是晚,徜徉京杭大运河杭州段,畅饮美酒,相谈甚欢。归来,西天隐约有三两星子。小诗为记。

之一

从运河到运河。流水扯着思念
将一弯明月揉碎成钱塘的柔波

酒,依然是英格兰的琥珀
还未到达钱塘,人已微醺

不变的,永远是变

变了的却还是不变

我们把手一起叠放
恰如去年

你我的眸子里
英格兰天空特有的湛蓝

掬一捧黄河之水
邀天上人间

从运河到运河
归来,我们还是少年

之二

暮色贴着暮色
心寻觅着心

一只鸟儿从运河畔起飞
落在另一端的运河之处

落在光里的事物

君子之交。浅浅的喜欢
恰似故事里的小鸟依人

衔一束碧色的柳枝
垂长发至潺潺水流处

一次回眸
一声浅笑

一串不轻不重的脚印
一字排开

运河潋滟处
兰花指揽过

江南的曼妙黄昏

也曾画蛾眉
也曾点绛唇

2019.12.14

冬至：陌生而又熟悉

清晨的野外，有蒙蒙白雾
三两采摘狗尾巴草的少年
老屋的巷子旁边
穿着白衬衣的他，洁白的牙齿
晨光里，泛着森森的冷气
一切，陌生而又熟悉
我对着老屋的两只老鼠大声说话
也晾晒了红木箱子里曾经的棉衣
一头驴从屋外进来
懵懂着找不到出口
母亲储存粮食的陶器瓦罐
还有一捧金色的陈年玉米
我喂了驴，也善待了老鼠
给了邻居一条长长的银鱼

落在光里的事物

她哭泣的孩子,满是灰尘的小手
搂着我酸直的脖颈
紧紧地,有些窒息
我紧盯着邻家屋顶泛黄的稻草
担心来年的冬天,房屋会漏雨

隔着屏幕,朋友叮嘱要吃饺子
这是2019年的冬至
我却在梦里回到了遥远的昨日
有亲人有乡邻有老鼠
还有家里从来都没出现过的驴
驴是亲人。母亲似乎这样说过
谁知道呢?少小离家的人
有些话
说出来就好

2019.12.22

红墙之外,或许江南正飞雪

看到的时间,看不到的时间
光阴里的阴晴圆缺

落了一树的白梅
也曾聚聚分分

也曾一日不见
隔断的三秋,抑或三春

不过一瞬间的闪念
红墙上镌刻的影子

走过繁华,走过泥泞
时间抛出的一段昨日

2019.12.26

十二月

十二月。原野更加清瘦
对岸的芦苇已藏不了鸟雀
只有唤作沼泽鸡的墨色
点缀在泪窝似的一隅荷塘
江南人家的房子,十二月
夜里似乎也飞过白雪
冷窗之外,暖阳如瀑
想象的辽阔
沿着铁轨一点点伸展
从江南到江南
走在路上的人
清瘦已裹不住她的乡愁
唯见顺江而下的小舟
起伏成北方似的浩荡

2019.12.27

一切都蓬勃向上

从一个地方到另一个地方。白鹭
扯着自己的翅膀,从秋到冬
将大地与大地之上仔细丈量
桥梁、河流、房屋、草木
东升西落的太阳
一切都蓬勃向上

走过你住的地方
京沪苏锡常,渝杭或南昌
速度引领高度
向上,向上,再向上
一辆匪夷所思的车子
捏成梦里曾有的想象

2019.12.29

辑二

落在光里的事物

夜空下的树枝

曾几何时,我注视着你的存在
天宇之外,一定住着未尽的未来
苍穹,变化是永恒的故事
传奇,是树对辽阔的依赖

给树一万张风吧
让风飞起来。苍穹有多辽阔
树与风的舞蹈,便有多奇特

今夜,我再次仰望你的存在
空中有云,云中有风
不变有变,有无相生

这是树的逻辑

落在光里的事物

亦是风的寄语
一柄长剑
正待淬炼的冷冽

2020.01.01

卦曰明夷

白日将尽。天际处
有火从云雾里燃起

地火明夷。父

梦里,你安好
太阳,亦安好

明早。他与你的爱女
都在地平线冉冉升起

2020.01.04

落在光里的事物

落在光里的事物

一朵云,一棵树,一片叶
一枝萝藦和她自由的翅羽
白骨顶鸟停在芦花的臂弯

粉嘟嘟的。天空是
一张永不衰老的脸
落日之前,尽力将一切事物包容

落在光里的事物与路过他们的人
有了福祉
握住落在光里的事物,仿佛握住
从不消失的誓言

2022.12.30

初雪

夜里不曾想念谁
南山白梅也纷纷落下

华北平原的第一场雪

2020.01.05

落在光里的事物

小寒

将白雪留给酒醉的北方
他们都在等一场季节的圣洁

朋友洁说。沪上今日小阳春
而我正坐G1818上12车靠窗

湿漉漉的原野,房屋困顿
站台时不时飘来一缕烟霾

不就一场雪吗?

越过南北分界的淮河
雪不来,我要亲自来

2020.01.06

轮回,或一次想象的投射

闪亮的眸子,不用言说
白天,或黑夜
即使不约而遇的初雪

不言,只需你一个眼神
你想要的飞舞,我替你
你想要的生活,我是你

轮回,或一次想象的投射
我,都为你
在这尘世重新活过

只要你闪亮的眸子还在

落在光里的事物

也曾月明

也曾星稀

2020.01.10

窗口的一棵树

近日,先有20年前的学生离世,后有认识8年的友人兼同事过世。人间婆娑,彼岸有情。唯愿一路安好!

世界与世界之间。隔着生死
冰与火。此岸与彼岸
回望时,唯有窗口的一棵树

人间在雾里忧伤
树木却清醒生长
岿然不动。任凭风

在他的肉体间穿行
说出这些的时候,我多想
就是窗口的一棵树

2020.01.12

危险与美

水与水的结合。是雨是霜。是雾。也是雪
人与车的合一。是路是旅程。是一步步靠近
在雨里走。在雾里行在时空与时空中挪动
八百公里的行程。雨雾与雪同行,轻快或沉重
在茫然中坚持在坚持中前行
穿越。从淮左到嵩岳刹那,太阳雨的温情
天地之间危险与美

2020.01.16

我是一枚鹤骨笛

因儒学学会年终表彰,得以在河南博物院一睹"大象中原"古代瑰宝展览。一直仰慕的贾湖骨笛终得亲见,虽隔层层玻璃却心有灵犀。是为记。

我回来了。而你却不在
穿越千年的黑暗
只为曾经的眷恋
尘世,依然草长莺飞
却不见少年身着蓝衫
风,呜咽着,吹过贾湖
只有涟漪,也只是涟漪
从湖心到湖心
从湖畔到湖畔
还记得那痛

落在光里的事物

剥骨成笛,化羽成仙
我循着你的呼唤
而你却一飞冲天
鹤鸣九皋
故事终究是故事
不见那少年
无人着蓝衫
只有蚀骨的痛
化成一枚千年的笛
如果音乐再起
轮回处
宫商角徵羽
晶莹的泪滴

2020.01.18

每一处山川都是父母的模样

其实,想象中会有一场大雪
就在回伊洛的路上
让一场白淹没另一场白
让一个世界面对另一个世界

就如我明明看到熟悉的街道
却将车子开到另一条岔路
道路虽连着道路
草木与人,熟悉而陌生

邻家的大婶还住在昨日的庭院
父亲钟爱的小狗依然皮毛黑白
我的童年,坐在门前
流年之外,只裹着浓密的雾霾

落在光里的事物

走龙门,回伊洛
每一处山川都是父母的模样
每一座院落都曾经喜乐忧伤
车子去过,又悄悄别过

2020.01.22

新生的气息

湖边的主角,依然是不怕冷的水鸟
白杨,迎风而立。枝头撑起
鸟儿的归巢
枯叶,冬日里蛰伏的蝴蝶
静静坐在水畔
耐心等季节的来到

大自然从不寂寥
春,已挣脱冬的桎梏
正托付三朵黄色的报春
湖畔的一隅
竹林将新生的气息
奔走相告

2020.01.26

一树春梅

一月扯着二月的枝条

沿窗台,蔓延开去

旱莲于昨夜悄悄开放

玫瑰吐出晨间的第一朵花蕾

我给自己和世界泡一壶白茶

长夜便开始在唇齿间升华

案头的书和笔

渐次成了呈给世人的纸张

恍然间焦虑携带着一月,成了过去

二月,开始在阳光下苏醒

从窗台直到楼下的小树林

一树春梅

正越过江南的山水

2020.02.01

一枚喑哑的铃铛

寂静,成了此时的人间
一个最富内涵与所指的形容词
恍惚间。长夜里
一枚喑哑的铃铛
悄悄照亮维多利亚路曾经的小巷

似乎有花开的声音
似乎有双眸的一往情长
似乎有心灵深处偶尔划过的涟漪
似乎有一枚黄叶静静地落到湖面

寂静是此时的世界
寂静是所在的世界
不见人来人往

落在光里的事物

只有窗台上的绿萝
悄悄说着往事里的热闹或心伤

你可曾走过维多利亚路旁的小巷
一个人,一辆车
小巷入口处
一枚喑哑的铃铛

2020.02.04

落日又一次消失

从旷野里走回。我看见落日
又一次在大地上消失
冷风敲击着湖面,蹒跚的野鸭
穿过虚无和寒冷
回家的路上,车子追逐着车子

我看见焦灼的乌鸦。夜色飞过
曾经的村庄
一道道沟壑一扇扇干枯的门窗
忧伤的老人,低垂双眼

华灯初上的城市
无数漂泊的灵魂

2018.02.19

早春

三两朵花。有湖畔拍来
有隔空送来
有去年国庆时种在阳台

花木很少错过季节
就如廊檐下的燕子
觅一处粉墙三两片黛瓦

筑巢、生子、安家
一树树呢喃
一树树。冬去春还

2020.02.27

把重藏在轻里

把重藏在轻里。面对三月
第一次觉得一切都轻轻的
风里,有写过的诗句
梦里,有半生走过的少年
与君相知,长命无衰
父母,安然住在山里
太阳走过地平线时,他们
住在修葺一新的青砖新居
我总看到一只蓝色的蝴蝶
在清风徐来的三月
写下一个字:安静
澄澈的永远是少年的眸子
他没有往事
往事里住着的全都是少年

落在光里的事物

轻的重了
重的轻了

2020.03.01

花非花:闲居观小女作画

大红鸟停留在窗台
看花的女子也坐在窗台

花儿从池塘移步
火红的翅膀穿过蜿蜒的枝叶

她飞过去年的春衫
她飞过草木的无言

画中,多了几株金莲
花儿,有了做梦的可能

梦中,她听见她振翅的声音
花非花,花还是花

若莲动渔舟
夕阳正唱晚

2020.03.06

花魂说

寂寞枝头,栖息着花的魂
一个个来了,又悄悄地走
季节与她
不过又一次轮回罢了
她装饰了季节
季节又装饰了你的梦

2020.03.10

春风,何止十里

春风,勾兑了三分绿柳
七分桃李
全都送给了月下的海棠

朗月。独酌
春风,何止十里?
沿着花径,缓缓而行

庚子春,也可有最美的梦
海棠与我,我与海棠
恍惚间。一切都若有若无

那是故园的雨后

辑二

剪剪微风,掠过

天青色的屋顶

2020.03.22

命运共同体

星子闪烁。暮晚的流云
是她的居所

柳絮,早已忘却季节的疏离
夜空深处,兀自翩然起舞

绿,编织一幕
想象的春季

草木与星空,暮色之后
重构了新的命运共同体

2020.03.23

具茨山行

桃花随流水而下。青石之上
溪水奏环佩之音
棠梨皎洁,雨水衔一丝惆怅

榆花着一身绿衣。安静地
站在幽盛寺中
鸟儿,飞过黛色的瓦楞

你我相视而笑。风
躲在风后岭外,雪来得不薄不凉
去年的阳光,正漫过今年的桃林

2020.03.29

落在光里的事物

清明时分

我想象你的视野,能看见身边这一片田野
黄的是新开的油菜,绿的是蓬勃的麦田
山岭之外,是姐姐家的新房
月亮爬过对面的山顶时,你会搬一把藤椅
就如儿时,我们坐在家门外
你讲着悠长的故事
我望着明月,心里一跃而起
我要跨越山水
去往龙门之外

我想象你的视野,能看见远处的龙门山外
我们回到你喜爱的宋朝
我只身打马走过伊水
马蹄嗒嗒,你的双眼就是西面的渡船

风吹过浅滩上的芦苇

长腿的鹳,沙地上的足印,一深一浅

你说着旧日的戏文

我们的枣红马

谈笑间,已走过万水千山

2020.04.02

落在光里的事物

听到花开的声音

火红的花盆
我种下一株绿植

日出江花,红与绿
是江南春水的颜色

星辰一样洁白的小花
万籁俱寂,从窗台处升起

要有多么干净的灵魂
才能听到花开的声音

2020.04.10

四月的样子:银婚有约

四月的样子,是牵手走过的样子
燕子,在楼顶筑巢
映山红盛开在窗台
心仪的女子,她的咖啡刚刚煮开
少年,你要快马加鞭
太阳落山前,送给她喜欢的牡丹

四月的样子,是浩瀚长空的样子
云在天边编织心事
风送去经年的依恋
澄澈的少年,他的双眼不改从前
姑娘,无惧叠峰重峦
过了这座山,总有你倾慕的云杉

2020.04.15

暮色里打坐的家乡

沿着河边散步
一条不算宽敞的小路
来来往往的人,似闲庭信步
已是暮春时分。布谷鸟的啼鸣
如四季画布上一段悠长的回忆
麦子在结它的穗,油菜早已满堂儿孙
我远远地看见一只白鹭,从水面飞起
仿若看见暮色里打坐的家乡
一切还是明静的模样
小桥架在小河之上
名字却改了一个字:
河汊交汇处,总有一个美丽的地方
它是今生,也是往世
白鹭落下,白鹭飞过

2020.04.17

遗世独立的情人

罗蒙湖的山色还是那么明亮
点点白帆,那是高地的星辰

雨,遣散行人
云,在林子外徘徊

绕湖。我们慢慢地走
每一片树叶,都如遗世独立的情人

很多美好的事物。来得快去得也疾
能记起的,只有雨落在枝头的颜色

2020.04.17

天际处

已经结束了。说过的尘埃落定
一朵花已走到初夏
一个人跋涉到不能回头的时候
一段故事,可圆满
可分叉。恰如花园里的小径
尽头或是中途
一切都是命定的设计
就如宇宙打开混沌的一刹那

想起这些的时候
清晨的鸟鸣,让人重归寂静
起床关了窗
一个人,继续打马走过荒野

天际处。青草将将

萤火虫，闪着绿光

2020.04.19

落在光里的事物

走一路芬芳

走一路芬芳,我愿遇到玫瑰一样的姑娘
她有玫瑰一样的清香,玫瑰一样的阳光

风暖暖的,溪水清凉
花园的阳光一路奔跑

去送一顶王冠给她吧
人间正好,马蹄锵锵

走一路芬芳,我愿遇到玫瑰一样的姑娘
她有玫瑰一样的清香,玫瑰一样的阳光

2020.04.26

种一朵蔷薇

假装走过四月的粉墙
寻找家园的人,总将乡愁托付意象

每天欣欣然。可想起你远去的背影
心里便有透彻的孤单

这是四月的午后。给自己一杯咖啡
让心底也种一朵蔷薇

看到植物,总让人莫名地潸然落泪
我爱,故常在

2020.04.28

落在光里的事物

琅月湖外的阳光

黄色的水仙,开满河畔
水晶菊也将领地转移到了湖畔
初夏的脚印,落在了思月桥上
一米之外,白尾巴的黑鸟
在安全距离内,停了又飞
偌大的校园,飞翔是多么自由

我从琅月湖畔走过
细碎的记忆,还在那枝蜡梅上
白雪捧起纤柔的笑靥
要是他们都在就好了
琅月湖外的阳光
想起这些,欢喜而又忧伤

2020.04.30

语言的边界抵达处

人生是一页翻开的书
日子,始于太阳撩开窗帘
气息还在。梦中似曾看到
满柜子素色与艳丽的衬衫
犹如春日的花园
走近时。当年的少年
鲜衣怒马,风度翩翩
鱼贯而入,是二十年远去的背影
人间婆娑。红笺,依稀水墨浸染
突然就想起了维特根斯坦
语言的边界抵达处
可能世界,或若隐若现

2020.05.01

留一分月色

失去该失去的
人才是自由的

虫子变成蝴蝶
一棵树开满细碎的白花

雨雾从河对岸缓缓升起
荇菜走出古老的《诗经》

总要与一些人和事说声再见
如江南的夏夜,三分给蛙鸣

两分付与尘土
留一分月色,给皎洁的心情

2020.05.16

一张阳光的脸

风从窗外吹过,太阳早已漫过溪岸
仓皇地给了梦境一吻
双脚,还在回家的路上跋涉
半腰高的玉米田,绿得晃眼
那棵路边站立的柳树
已经苍老地弯下了腰
转弯处,记忆中那一汪碧潭
有一位神秘的唤影人
他召唤的到底是鸿影
还是一群远去的灵魂
扑扑通通跳下水的
终究是我们都曾远逝的光景
抱着恐惧而又神秘的梦
五月的早晨。布谷鸟

落在光里的事物

正结伴飞过名唤汉河的小镇
布谷,布谷。一张阳光的脸
神秘而又温柔
一切终是远去
一切都已过去

2020.05.18

说好的我们都要好好的

穿过寂静的街道,一双高跟鞋
孤独地敲击着落雨的夜晚
这是午夜的剑桥
石板路上依稀还有春日的花瓣
圆顶教堂上的风向标,正指向
圣约翰学院的门前
那里有深邃的小巷
思想者的面庞
在古老的墙壁上,若隐若现
三两小船还停靠在昔日的码头
只等康桥的白天
便将英伦的喧闹优雅地划过
一座座康桥
河对岸吹来熟悉的气息

落在光里的事物

那是紫色的风信子
悄悄地
将一棵树的梦想
撑起夜空的靛蓝
说好的我们都要好好的
过了今夜,还会有明天

2020.05.20

凝视

猫儿在开满细碎的白花树下聚会

金丝桃向初夏袒露出属于她的美

时光不做无谓的交际

也不奖掖敷衍的青春

穿越语言的牢笼

趁年华还有余温

身体的凝视之外

影子正在一寸寸地缩短

却又向前延伸

一尾夜色里摇曳的小草

三只飞来飞去的白蛾

透明的翅膀

一次次地敲击着昏黄的灯光

落在光里的事物

那么易碎

那么坚韧

2020.05.24

禅定

走到房间的最后一间

我习惯对着镜子看看窗外

冬天时,是一棵树

春天时,还是一棵树

光秃秃的枝头现已开满细碎的白花

密密麻麻的叶子

仿佛一部从来写不完的书

树,注定要和我一起修行

等满树花开的时候

时间也自此放了空

世上的事,谁辜负了谁呢?

树站在窗外

继续满足镜子的外景

落在光里的事物

细碎的白花

却是她一世的禅定

2020.05.30

辑三

在一小团阳光里欢喜

野菊蓝莹莹的

六月。春日的忧伤已渐淡忘
儿童节快乐。人们一个个
孩童般地,互致问候
只有河堤上的野菊
一副素静的姿态

酒中堪累月
身外皆浮云

即使天边只有一颗星星
她依然有着向日葵的光辉
夜风中,蓝莹莹的
多么纯粹
多么孩童

落在光里的事物

恰似当年,从田埂中走过
人人都有乡野干净的魂灵

2020.06.01

夜

谁见幽人独往来——苏轼

从人群中退出来,一个人走在路上
一棵阔叶树,一只白尾巴的黑色猫
一个人虚无,一个人微笑
一个人自编自演的独幕剧
结局,也总出人意料

纯粹是余生最好的主题
不与人虚与委蛇
想穿绿衣,就穿绿衣
想穿白衣,一个人也可点燃仙气
守着澄澈

落在光里的事物

暮晚里的影子,悠长纤细
从一个状态到另一个状态
从一个世界到另一个世界

2020.06.11

一枝花

此刻,是一枝花
无关千里之外
无关生死之遥
与你陌上相遇,你是
母亲的味道

粉紫的花瓣
在幽深的夜
独自开放,独自飘落
一枝花,一棵树

小院,蒲扇,流萤
岁月里流淌的清茶
拥有而又逝去

落在光里的事物

从江南到中原,我的母亲
是一枝记忆深处的木槿花

思念浓郁的夜
呼吸之间
呼吸之外
此刻,是一枝花

2020.06.15

辑三

一簇饮了红酒的玫瑰

六月的玫瑰,与向日葵同框
低调的康乃馨,温婉的绿色
还停留在宁静的四月
两列对发的列车
从北向南,从南至北

光阴如水。喝光了的葡萄酒
今夜,开始插上离别的玫瑰
粉的是梦
绿的是明天之后的风景
从纳帕山庄一路望过去
从谷底到峰顶

向日葵。我喜欢 一望无际

莫回头
一路奔赴你要去往的华南
从此,每年六月
总有一簇饮了红酒的玫瑰

2020.06.22

在一小团阳光里欢喜

总有一刻让你惊喜。宇宙泼墨
海天一色
点点跳跃的白帆
游走在红色的屋顶之外
风,裹挟着南国棕榈的浓郁
吹来海岛亘古的碧绿
天地不老
依稀有熟悉的气息
恰似普陀寺晚祷的钟声
白城外曾经奔跑的足履
隔着论剑午后的诗句
如一小团阳光。流浪在
时间之外。一个精灵
一隅好梦

2020.06.28

你是懂草木的

草木无情,亦有情

不在俗世,而在灵魂的缝隙中

一捧狗尾巴草,唤起少年的梦

一束山茶,一枝红枫

三两尾野生的芦苇

总在抬头的一瞬间

原野,乡村,爱情

莫名想见你的冲动

你是懂草木的

正如篷窗中摇晃的月色

只有思念的人

灵魂托付草木

执剑,却隐忍

辑三

情深时

只说想去看云

2020.07.05

虫鸣

喜欢走在门口的一条田埂上
夜里,有月亮,或没有月亮
草丛里的虫鸣,如月光一样
同声相和,同气相求
与对岸摇摇晃晃的灯光共鸣
刹那间。送来所有的记忆
童年的、青年的
昨天的、未来的
潮水般涌动。清醒着
也迷茫着的
纷乱的人世。需要
一阕虫子的奏鸣曲
不在维特根斯坦的游戏中
不依阐释链条的滑动

辑三

只需心的澄明
却比所有的人类语言
都更易让人懂

2020.07.10

一滴雨

被水裹挟着。向西
向西,走过长江,又是向西
世界。此时是一滴大大的雨

邻座的姐姐其实比我还年轻
儿女的求学让她和我讲话时
眼睛,雾蒙蒙的
看起来比我憔悴十岁还多

隔着滴水的窗户
乡村、城市、河流、田野
菖蒲丛掠过的一群群鹭鸟
都和她一样
有守候,也有遗忘

上海三十年一直当她外地人
西边的家乡却当她是上海人
说到这些。世界与人
便都成了一大滴雨

水汪汪的
很湿润，也很忧伤

2020.07.11

刺点

它的眼神一下子吞噬了她
犀利,宇宙间刹那的刺点
一次人与自然的邂逅
一次星空下星与星的遭遇
就在林间的小径
紫薇花开得正红
穿过光与影的浓密
世界与她都在眼神之外
散步,抑或活动
一曲都市的夏夜奏鸣曲
万物合一
它是刺猬,刺猬是你

2020.07.23

背影

记忆的内容取决于遗忘的速度。——诺尔曼·E.斯皮尔

我相信,每个人的心中都有一个背影
田间,街头,楼道的拐角处
记忆的月台和发黄的白衬衫
他,正蹒跚地穿过栅栏
送行的橙子,粒粒饱满
一双大手,却长满老茧
在列车卷起的风中
如一页发黄的纸片
如一株雨中倒伏的稻禾
沉甸甸的
是爱与记忆,是望向背影的心
漫过夏夜的虫鸣

穿越记忆的丛林

任一声声呼唤,渐行渐远

2020.07.26

夹河

伊河与康河在此相会。沙洲上
白色的鹭鸟,曾飞过夏商的城堡
一座康桥,不长不短
庄稼人用它挑起两岸的沃野良田
上面刻满了金山与净土的金莲
老子从函谷关赶来了青牛
庄稼人不解先生缘何出关
却懂得道生万物
他们伏牛,河岸的山上成了墓园
白天,他们在山下插秧种田
夜里,他们在祖宗的凝视中
枕着伊河与康河的柔软
庄生化蝶
是梦,也是他们的前世今生

2020.07.29

月圆时分

和心爱的人,做心爱的事
喝茶,聊诗,也看云
偶尔把头微微依过来
就像雨季时遇到的天水牛
触角碰着触角,头抵着头
除了爱,其他的什么都不要做
能爱的时候,一定要用力去爱
不要等下一次雨季
月圆时分就好
备一盏清茶
着最美的衣裙
懒画眉,只涂淡淡的红唇
用爱,做玫瑰馅儿的点心

2020.08.03

暴风雨

粗粝的画布
宙斯,扔下一支画笔
落荒而逃

2020.08.04

落在光里的事物

一眼千年：访神垕百年卢钧

穿过寂静的苍穹
一夜间，丛林与大地
落满洁净的梅花

是庄生梦蝶，是蝶遇庄生
从泥土到器物
从有限到无限

这璀璨而夺目的生
从濒死的救赎
从炉火的纯青

越宋溯唐，你一跃而起
一双手，托起高天厚土

黑唐新花，涅槃而永生

生死蝶变。从神屋走过
匆匆一眼，人间已千年

2020.08.07

百年卢钧帖

千年足音,只是飞身一跃的刹那
百年窑变。抟土,你将尘世修炼
一次次做着蝶变的梦

越宋溯唐,苍穹中满天繁星
继往开来,大地上春花烂漫

一眼千年。黑唐新花瓷
也曾旧相识
跨骀虞。我们马蹄嗒嗒

2029.08.06

长夏帖

是日。有弟子来访,设宴豫华厅。倚窗梳妆,君为己染发。已是立秋时分,故有长夏之双关。

立秋。青丝落过一层霜
君上弯下腰,手指轻拂

霜不曾离开,心抖了一下
轻声说
瓦楞上,我看到了秋

没有抬眼
我只微微一笑
明明是郁郁青青的夏

青黛描翠,为子画眉
其曰长夏

2020.08.09

梨,夜里自己落了下来

梨,夜里自己落了下来
跌在地面,沸腾了时光的空阔
与梨一样,院落几经花开花落
西面的山,是他们永久的归所

春天时。梨
化作了满山遍野洁净的花朵
也将院子深处孩子们的心思
映入门前的一汪湖水

沸腾、沉寂,百年如寄
梨,夜里自己落了下来
穿越空阔之前
它在枝头打了一次旋转

2020.08.23

岁月

新的岁月的衔接,需要用一根长笛。——曼德尔施塔姆

需要一根长笛
将岁月与岁月衔接
将不曾经历和一切经历的
将你眼中与我眼中的
将血脉与血脉
枝条与枝条
地上和地下的
枝生与蔓生的
看得见的与看不见的
衔接
宫商角徵羽
二十五年的静水与波浪

辑三

溯舟、横笛。我们
迎风而立

2020.08.29

落在光里的事物

生命是用来起舞的

世界是一匹阵痛的野兽,光秃秃爬行在月夜下。——策兰

生命是用来起舞的
美丽的女子,一定有一柄长剑
如虞姬,亦如木兰

诗性的痕迹,镌刻进盐洛高速
凄美,抑或勇武
青春当舞,博一回须眉的历史

恰似北方大地上初秋的南山栾
生若夏花,落亦璀璨
驱车走过她(它)们时,薄暮

正托起一轮中元的圆月
起舞的生命比永生皎洁

2020.09.04

柔剑

君子藏器于身,待时而动。——《周易》

携一把长剑赶往陌生的疆域
我要刺死的不是敌人
而是虚无中的肃穆
他或许是一座塔
一尊泥塑的菩萨
更多时候
他是一个高大的影子
得意地站在高处
将虚无的肃穆,一次次萌芽

高处不是优势
风,总在罅隙处穿梭

最高处,最容易风化

人的肉体是永远流逝的时光

他只是孤独的瞬息①

我一定要携一把长剑

长长的流苏,紫罗兰的颜色

早晨与夜晚,素光皦皦

2020.09.06

---

① 化用博尔赫斯的诗句。

邗江九月

一只小蝴蝶,在静静的雨夜飞起
搭乘的马车,又穿过一道城市的斑马线

眼神,驻留在夜空的天际
一只酒杯,再也握不住今夜的泪滴

苦涩,化为唇齿的甜蜜
升腾成了江南氤氲的雾

挥别,是城市的十字路口
又一个姿态

一只小蝴蝶
她要在下一个停靠站栖息

2020.09.17

风居住的街道

之一

风居住的街道。蓝色是主色调
墨色是曾经的长夜
风中有舞动的魂灵
风居住的街道。寒夜有月
幽蓝的炉火,红茶总在沸腾
一弯新月,佐以记忆的佳酿
看不见的风
吹过瘦西湖的二十四桥
二分明月处
君着蓝衫,一缕悠长的风
从邗江到广陵
风居住的街道。大运河有

落在光里的事物

靛蓝色的浆影
我们走过汉唐明清
裙裾终将掠过星河的永恒
风居住的街道。蓝色作风
月,是你深情的眼睛

之二

风居住的街道。想必是蓝色的
一颗星星在夜间落下
一株小草将籽儿落在风中

路边走着的时候
对面的灯光,碎金似的,抖落
在素静的湖水里

人被摇曳的湖水醉了
眯着眼睛。身边的粉墙
邻家的黛瓦,满是风

他们骑着凡·高的画笔
寻觅蔚蓝的星空

2020.09.19

黄土地的温热

斑驳的光影,一定听见了你的脚步
一把无弦的绿绮,轻轻拨弄着
大榆树下午后闲坐的身影

燕子来过,你也来过
你将光影写进了瓦楞
门前,就那么一依、一坐

我把心思就此全部交给你
风中,尚有黄土地的温热

2020.09.21

生活在别处

所有的黄昏,都适合思念
秋虫低鸣的夜
只有稗子在蓄积锋芒

记忆的空间,被一再切分
花径逼仄,视野成了低矮的草棵
伸手触得的

是河面上倒映的云朵
和越来越胆怯的灵魂
生活在别处,我站在秋千上

2020.09.24

每一缕光都在注视之内

石头在晨辉里发出光芒
朝雾升起时,牵着的手也成了向往
怀抱大提琴的男人,琴弦是为暖阳

游走在视线之外的我们
每一缕光都在注视之内

好像昨夜不曾有星星落泪
好像世间总有光芒
走一级级石阶
将石头磨砺成远方

就当紫藤还在那座院子里
望一眼,便有芬芳

2020.10.10

访坎特伯雷大教堂

我来时,秋天正在白崖上空
白浪翻飞,白色岩壁
千堆雪。留作拜谒你的门帖

这深邃的走廊
宛若历史,从奥古斯丁
一直走向托马斯·贝克特

依然有燃烧的血液
成就中庭悠长的膜拜
圣徒站立玫瑰花窗

眼睛望着流泪的蜡烛
沉默是今晚的远方

我还要继续走下去吗

夕阳淡去
有人去买了一杯酒
暮晚的大教堂,比白天静穆

2020.10.13

宵樱:用风月照亮风月

梦一样的美好。升起在墨松中

天青色,被注入了星辰的晶莹

山不再是山

月不再是月

一切过去的,也会在未来发生

清冷,不是今晚的主题

我有一大片樱。用柔软

触碰柔软

用风月照亮风月

有人从山下的茅舍走出

一盏清酒,我们席地而坐

一片樱,落在月的韶华中

2020.10.16

蝴蝶飞了,黄叶落了

沧桑抚着流浪
狂放演绎无羁
夜深了,一曲西部咏唱
蝴蝶飞了,黄叶落了
泪水滴答在无人的街上

如今的刀郎,絮叨着江南的风月
柔美的音线,低吟着运河的凄迷
一声叹息
半生经历
回眸时,画船已千里

2020.10.19

落在光里的事物

秋色

那璀璨的火热的燃烧的,都等到了
秋色。十月有成熟的阳光和风

牧人将羊群赶出了山坳
白云便与阳光和风,多了呼应

只有静默的石头,还在屋前等候
仿佛这个世界不曾爱过

仿佛他们从不渴望火热
秋色从世间又一次走过

2020.10.21

一枚红叶的长度

有人等到了十月的阳光和风
红的红了,黄的黄澄澄
有人忙着告别
断舍离已经搭乘季节的马车

蓝天落在白云之上
燃烧洒向整个原野
叶子在一遍遍擦拭自己

等红色的柿子点亮午夜之前
树林还穿着去年的棉衫
白色的沙地上,一只闪亮的甲虫
推着渐渐厚重的壳,笨拙地穿越

从这头到那头
还有一枚红叶的长度

2020.10.21

芦花飞晚

有人送来秋景图。芦花深处

江面，一艘渡船

花是我喜欢的洁白

就如我们的从前

花是我喜欢的秋色

两心相悦，从盛夏相约暮年

虽江流婉转，湖海遥远

那一艘渡船，总泊在此岸

就如苍穹，总能等到星星

就如白色，总能唤起澄澈

又是芦花飞晚，深秋江南天

江面如练。从此岸到彼岸

一只白鹭

落在光里的事物

她飞过遥远的天际线

也正飞越看不见的船帆

2020.10.23

辑四

时间煮茶

对着西斜的影子

流水在遥远的江边静静地流淌
玫瑰对着西斜的影子
我采来一枚红叶,对着她沉思
她不说话,一副静默的样子

燃烧是最后的挣扎
从清晨到黄昏
荻花已经插上了岁月的发髻
重阳。就在屋子外面的云里

一想到菊花在东篱摇曳的故事
茱萸,便在一杯咖啡里怀念
其实,我知道,江南
也有个茱萸湾

2020.10.25

落在光里的事物

怜

璀璨与枯萎之间
独有幽草
秋水畔暗生

2020.10.29

时间烹茶

要有多么柔软的心肠,才会
有坚果一样的外壳

时间烹茶。我只想
在一碗茶汤里,走回家的路

窗外的荷叶,一叶挨着一叶
草里的虫鸣,一声高过一声

这多像曾经的我们啊!

睡梦中你的名字挨着我的名字
从不疲惫

而生活中的我们,睫毛上
却总挂着昨夜留下的风霜

一天比一天脆弱
一天比一天坚硬

2019.09.30

收藏

黄叶,从空中飘落
低低地贴着水面,如鸟儿在飞

阳光,穿越梦境
帘幕之后,尘埃已经落定

这世上的生命,都会起舞

收藏,不仅是四季的宿命
空中,游荡着回家的微风

2020.11.08

时间简史

花洒过处,百日菊不见踪影
二月兰正在泥土里做梦
明媚的是那时的笑靥
早春的紫樱,清澈的湖水
秋阳下昭文馆挺拔的倒影
一并交付枝头的秋叶

扬子津的微风为证。此处
有戏水的萌宠
大帐内运筹帷幄的将军
日夜追随他的士兵

属于时间的还给时间
属于记忆的交给永恒

只有风。人间百年

江湖有梦

天气晴朗。别害怕

2020.11.11

小酒馆

划过夜色,时间隆隆走过
啤酒瓶里绽放的青春

街灯,依次点燃
默默地安放记忆中的邗江

记得,还有一个路口
开始太早,结局不能潦草

2020.11.12

秋叶

在枝头做最后的渲染
用生命起舞
灵魂做笔
直至成为一粒不老的琥珀
时光深处
她知道,冰雪已在北方集结
下一个夜晚注定有一场摇曳
永生的梦
借枝条蔓延至整片树林
挣扎,不在宇宙间留白
晶莹剔透
原是一场温柔的梦

2020.11.19

一片落寞的白

邂逅蒲公英。午后她静静地
等在围墙外
什么时候来的,已不重要
不说话,彼此看着
就很美好了

千万种情绪,人间的小儿女都有
墙壁上的潮湿,是她曾经的心跳
一花一世界。植物,懂她的等待
她只是轻轻地扬一扬素手
轻轻地,再轻轻地

大地为家。待季节转身
成就一片落寞的白

在飞雪与白梅到来之前

她的洁白已在废墟尽头

2020.11.28

奔月

不再是梦。风,吹过千年
亚洲铜的鼓声,击破蔚蓝色的天幕
一切的梦想,都无可阻挡

九天揽月,蟾宫折桂,这漫漫长夜
向前,再向前,加速度
成就海上明月与广袤的未来

野骆驼早被远远地抛在身后
去见证楼兰深处胡杨林的热烈
跨过这座山,昆仑王母的仙丹

并不遥远。从神话中拔地而起
嫦娥。她

水红色的长袖,漫过长空

纤尘不染

2020.12.01

从梦境中飞出

岁月从运河边蜿蜒。转弯处
有一少年
正跨过曾经的身影
云杉林,击中绯红的时间
将梦境,彻底点燃
一只猫,正走在梦境的入口

寂寞的,永远是砚池的水
将一粒粒鹨鸪花的果实
晕染成烟花三月深处的相思
多少事发生,多少事过去
燃烧的梦境终不如荷花清净

走过徐渭杂花铺就的短亭

远处的蜀岗,正打着响哨

呼啸着,记忆

从梦境中飞出

2020.12.03

车行焦山

将悲喜写进石缝。秋菊与三诏洞
从此成就焦公的美名
江上不闻渔樵的对歌
只有荻花在季节里又一次白首
拾级而上的,是那一路的浅草
青春,在冬日里无限妖娆
一切过往的与正在发生的
山色有无中,如梦幻泡影
听竹山房前,板桥早已人去楼空
唯有汲江亭的墨竹,望穿秋水
将无尽的悲喜,托付给万福楼
定慧寺门前,我们驻足
一缕香,洗脱三千凡尘

回首。山门处,一只白色的小猫

正端坐在庄严净土的石阶上

        2020.12.07

回眸处

我们就在这一小团阳光里欢喜
身后是六朝的风月
饮马长江,我们踏破花的世界
东吴古道随秋叶的浓淡和疏离
在初冬时分无限延伸

那年的阳光依然温暖
那年的欢喜映着甘露寺的门楣
江山多娇,北固楼前长空万里
银杏与梧桐不曾衰老
祭江亭下尚香的故事却已陈旧

我们就在这一小团阳光里欢喜
触摸发黄的城墙下历史的心跳

回眸处,江山正好

一个人,走走停停

2020.12.08

落在光里的事物

时光燃烧后的样子

是空是无是有是这众人散尽的午后
从楼下搬进泥土,将湿漉漉的雨水
一并置入花盆
其实这是他们走后我喝空了的酒瓶
偶尔注入过相思
比如一枝霜降红了的叶
比如没有说出的那个词
空空地放在屋子的一角
瞥一眼,恍惚似曾相识

2020.12.13

她到处在画蝴蝶

她到处在画蝴蝶。这宇宙的精灵
振动她的双翅,呼唤古老的荒野
道生一,一生二,二生三
你知道我在说什么
那是万物与神亘古的对话
荒野的尽头,可抵达天空

她到处在画蝴蝶。飞溅的浪花上
云杉的枝丫上
曼妙而轻柔,多变而流动
她将蝴蝶画在江南的小桥流水上
也画在低下头颅的稻穗上
沉甸甸的,却振翅欲飞

2020.12.16

无尽的黄昏

阳光将天地渲染,巨大的画幅上
变幻的色彩,如小镇从不厌倦的焰火
亦如古刹终年绵延的钟声

无尽的黄昏,总有人一跃而起
或得到了期待良久的鱼
或有了关于黄昏的文字

一抹嫣红,在夜晚来临之际
一直对着线绳那端期待的人
吟哦着:子非鱼

2020.12.24

降临之前

拨动午夜的门闩。雪
一定要先于你和炉火降临
这世间需要一场洁白,让我们
回到当年,白雪在车窗前飞舞
彼此望一眼,我们便啸马南山
酒入了愁肠
夕阳在白杨树冠间弥漫
只有音乐
随飘落的黄叶一遍遍诉说
来吧,来吧
降临之前
心灵与心灵之间,天地须独白

2020.12.25

落在光里的事物

时间骑在江水的脊背

就坐在这江畔的石头上吧
让宁静是为宁静,动亦为静
流水汤汤
开始邀约久违的灵魂
天与地对话
灵魂需要一场属于自己的独白
你看,盛大的戏剧天宇间展开
时间骑在江水的脊背
云朵载着久违的亲人
恍兮惚兮
挥手间,彼岸踏江水而来
万福塔,若一叶轻轻的莲

2020.12.27

你与大地

我悄悄地来又悄悄地离开
不去惊动一个安息的灵魂
只在你书写的大地旁
仰望大地女儿的模样
林荫道上还能觅到你的倩影
落霜的草地依然听闻渡船的声音
那环形的楼梯,当年的足印尚在
夫子像前,中华的血脉有人承继
你将大地给予你的
还给大地
惺惺相惜。我想你是懂大地的
就如大地也懂你一样
黛瓦与枫叶迄今沐浴着阳光
相濡以沫,不如相忘于江湖

落在光里的事物

从此,跨洋过海
幽蓝的天幕上,群星闪烁处
你与大地
皆有芳踪

2020.12.27

五朵金莲

一月的阳光,绕过去年的冰雪
如天宇间打开的一卷贝叶
将自己绽放成五朵欲飞的金莲

天地开始在美中酝酿
直至所有的风都归于平静

一棵从去年开始站立的树
此时,暗暗对着阳光祈福
一年有不同的季节
她只活出自己喜欢的样子

2021.01.03

时间的驭手

时间就是鼠标的咔嗒咔嗒
曾经的日子从指尖掠过
所有的喜怒哀乐仿佛虚无
连风都不曾停留过
只有人类发明的数
九九归一

所有的河流都绕过岩石
一切的努力都归于大地
你眼中的风
最终成了时间的驭手
料峭,骨节向上挣脱的梦
在黎明到来之前

2020.01.06

雾、人、鸟

雾,想必是培育仙境的
那进进出出的人和一大群鸟
飘来飘去,何处是归乡

雾,想必也是修行的道场
我看到一大群鸟呼啦啦飞过
也看到一大批雾里行走的人

雾没有来处,人和鸟也一样
暮色最终将雾送进暮色深处
也将鸟和人送到该去的地方

2021.01.24

简约

从江南回到江北。确切地说
是从南宋穿越回北宋
那空中弥漫的简约之风愈加简约
河流把流域交付大地
天空把空阔交付大地
树木将绿了一个季节的枝叶
交付大地
从无到有,从有到无
这人世间最简约的规律
窥见了空也便看到了有
多么幸福的一天。我站在窗口
脚下,是坚实的黄土地
一抹阳光,正洒在窗棂

一只鹊鸟,试探着走过

长满了去年青苔的瓦楞

2021.01.26

月

在灌木的枝头上打坐
向上伸展的线条,写满了前世的经文
有人从小径上走过,足音惊飞了假寐的水鸟
涟漪荡起。寂灭的
只有湖畔的石
据说是从江南采来

2021.01.31

与蓝天一样舒展

微风送来几声鸟叫

啾啾是春的气息,是水的温软

并非每一个日子都要策马而行

有时放低身体

深呼吸,将眼睛微微眯上

蓝天与白云,此时

随水幕,缓缓而下

2021.02.06

渡

踏着去年的冬意,来追寻她的痕迹
梅还在枝头打坐,修心
是她一贯的容貌
夜不见夜的黑,轮回尚在彼岸雀跃
浮云苍苍
留她慢慢渡就好

2021.02.04

封印

从即日起,当可劈柴喂马
善待植物与肉体。对你
和这个世界,道一声
晚安
她从来都是一往情深
一双眸子里
不变的是纯粹与天真

2021.03.11

三月,遗世而独立

三月。正渐次环顾和围绕着人间
我的邻居是大片的油菜花和花田
周围的三两枝桃花
两树已经皎洁了的梨花
端坐着的黄尾巴的雀鸟

尚未返青的芦苇荡,一两只凫雁
正把去年春日的音讯
从此岸传送到彼岸。太阳
从仪阳河畔慢慢走过

孤单的影子,是河畔垂钓的老翁
此去经年,只有鱼儿
与河对岸古刹的钟声

与他惺惺相惜

三月。渐次环顾而围绕着的邻居
在人间,遗世而独立

2021.03.14

油菜花开满通往故乡的原野

"油菜花开满通往故乡的原野"
空气是故乡的
故乡远在原野之外

春日,是点在眉心的朱砂痣
我抬头看见风,风是嫩绿的
一片鹅黄,铺成天空的颜色

在运河边的田埂上伫立良久
眉心,又多了一片花黄
油菜花。她正在时间中挖井

汩汩的,从眉心直至天边外
油菜花开满通往故乡的原野

2021.03.16

苍茫

忽明忽暗

分不清荒漠,还是戈壁

前面的人,距我三百里

后面的人,他们已勒马

今夜,注定我是独行者

我将马鞭放到你的屋檐下

将你的星光悄悄揽入怀中

前路,有蛙鸣三两

人语五六

我拖着肉体的行囊

决意用余生度量

心与世界,大小自有分寸

最后一课。我为过往施礼

落在光里的事物

江湖,以梦为马
走过的人,只是一个传说

2021.04.28

声声慢

我心如止水,只想逐级而下

这雾霭沉沉的北方城市
女儿的左脚踝,盛开的夏花

光影交错中,听闻
布谷与雨水的啼鸣

都在脆生生地提醒
慢。慢。再慢一些

2021.05.03

余论

雨。不过是一种氛围
而潮湿才值得鸟儿喜极而泣

我不是鸟儿。在屋内
作壁上观

任潮湿将飞翔变成一种艰难
人为是自然的强敌

就如我。在酷似莲的叶子上
滴上几滴泪水。算作

今日事之余论

2021.05.19

在这袅袅娜娜的人间

青春是用来怀念的。匆匆而去
的日子,就放在抽屉的最里层
抽去了肉体的灵动,青春
如一具清瘦的骨
尘归尘,土归土
果真如此。该拿什么祭奠青春
让其如朝露,升起在黎明之前
让其如一滴眼泪
洗尽苍穹,挂满岁月的眉眼
红颜换了河山
一江春水向晚
那些端坐、思考与选择的日子
多想就如从前。我们执手相看
依依墟里烟。在这袅袅娜娜的

落在光里的事物

人间。我们不谈
康德的理性,只用眼神收割
日出、夏日
一切火红而又沸腾过的字眼

              2021.05.24

倾了的城

我只看见一支支射出的箭羽
黄昏中来不及捡起来的落花

风飘零,人站在风中
还能不能回来

血肉凝就的城
青苔蔓过曾经的蓝衫

2021.06.03

落在光里的事物

飞过水边的蒲苇

我们不说话,站着就很美好
一丝丝小雨,一缕缕风

明暗交替中,运河之塔
映入一往情深的双眸

一朵娇艳的玫瑰,从红酒中
冲天而起。五月

从运河到扬子津。竹西佳处
一只高飞的白鹭

飞过水边的蒲苇
静静的夜,故事才刚刚开始

2021.06.14

去与一棵树对视良久

只是站着。不言不语
满树的木槿,花儿只静静地开
犹如当年你静静地看我写字
一把蒲扇轻轻地摇着风
幽幽地
从开满睡莲的湖面送来
仿佛你在呼唤我的乳名

树是至亲。我将花瓣捧在手心
仿佛捧着对你无处安放的思念
从一根枝头,望向另一根枝头
用记忆捕捉记忆
去与一棵树对视良久
重复地咀嚼着,那年

落在光里的事物

我和孩子学你
将木槿花蜜含在嘴里

2021.06.18

慢生活

蛛网在夏天终于网得了一点爱
确切地说,是黑夜漫过人间的珠泪

狗尾巴草、木槿、蒲公英
都堪与传说中的扶桑媲美

夏日给了万物以热情,也给了女人
在季节中做一次通天的梦

厚描、彩绘,在雨后的草地上走走
黄昏刚刚睁开惺忪的双眼

从草丛中捡来一只蟋蟀
请它住在蜗牛的房子里

落在光里的事物

不要蹦了。慢
再慢一点也好

2021.06.17

止语香溪

你说,你想看看我。我也便来了
那一只曾经的蓝蝴蝶,就停靠在
木渎的溪畔
一如虹饮山房中宵空庭的明月
一见皎皎,再见皎皎

我将一缕心思,交给摇橹的姑娘
桨声灯影中我只站在幽深的回廊
从一朵花的轮回中看你
看时光脉脉。月华轻拂
一片黑瓦两千年的记忆

有女香溪,君请止语
木塞于渎,木塞于渎

2021.06.24

是时晴好

从湖边骑车经过。看到
一名中年男子
手执一面破旧的菱花镜子
上面有斑驳的喜鹊登梅图

他左看右看
认真地刮着胡子,认真地
将脸转来转去
一种朴素的美好,默默从

湖面升起
是时晴好。一抹夕阳
简单生长
不记得这里刚刚走过生死

2021.08.05

辑五

你的手充满时间

你若安好

赶不上朝阳,总能看到落日
人间曼妙。你不需要
谨慎地提着明天走路
只需人间,向晚烟火

暮色里绽放的紫
凋落的野果
从尚有泥浆的小径游荡过去
窗外。有人默默走过
有人默默祝福

朝阳、落日
小镇外一轮安静等待的明月
你若安好,一切就都是初升

2021.08.11

江湖一夜

兜兜转转。从观音堂站接出一清秀
男子。他
黑衣白裤。说一口温润的河南梆子
就无极村落座

夜来清风明月
大秦葫芦鸡配三两杜康
从北斗七星聊到沧海桑田
直至麻姑献寿。不醉不归

西楼又三更。省城报二爷
又唤贾氏书生
湖中围一草亭。荷花微雨
再浮三大白。众人诺而罢

辑五

人皆过客。花是此间主人
江湖一夜。假曰：醉蔷薇

2021.09.05

见字如面

众里寻他千百度。回首之处
一缕光,一直都在
穿越迷雾。我的伊水
用她五千年款款西流的深情
赋予一本书十年求索的厚度
爱,与泪凝视
盼,镌刻汗水与父母的老茧
病床上一遍遍咀嚼后
不得已又吐出的儿的乳名
他们与麦卡锡
与文字,永在

见字如面。家书如金
一粒粒跳跃着,从初秋的伊水畔

再做一次回眸

多么厚重,却难以承受语言之轻

从此岸到彼岸

在天地间绵延

说到这里,亲人啊!

我的车子正驶过您熟悉的鹤鸣大道

一棵棵北方的南山栾

她,在一缕光中

走在人生的盛年

2021.09.14

道法自然

过了今日,一棵树就只剩下一半光阴
一枝一枝地削掉,直至黑暗来临
该回的村庄不再出现在梦里
该遇到的人不再想象彼此间相爱相亲
一次次地砍伐,直至只有向上的树干
那时候,鸟儿都已飞尽
那时候,树皮会一层层脱落
那时候,你熟识的人儿都游到了彼岸
那时候,你会仰望苍穹
从一颗颗坠落的星星,来为此生命名

黄昏就要来临。在高飞的白鸟身上
在花园里并排站立的两棵树上
你能看到她们的影子

也能看到故居的门前，没有生命的
石头，早已被你命名
那时候，圆月从一棵梧桐树上升起
你的笑靥，宛若一面银盆
所有的离去，都不曾远离
站在山的那一面。依稀听闻
鹤归来兮。道法自然

2021.09.19

时间在炉上

接受现实,就如接受早上的第一杯茶
风在过道穿梭
云在不远的田野上游荡
茶汤里,茶叶云卷云舒

你将青春揉进风云与早上的第一杯茶
喝了它。茶与风应和
时间在炉上
嘶嘶地燃烧

2021.10.12

虚实帖

天色灰暗。这幽深杂乱的小巷子
就是人的一生
如冬日的梦境

进有门神竖立
退如悬崖行车
在进退中腾挪,渴望遇到一阵风

柳暗花明,多半是个成语
走过的人却深谙一种暗喻

2021.10.21

生命

如同一支响箭
穿越初冬若隐若现的薄雾

简单的黑白
从冗杂中抽离
再褪去累赘的蒲草与芦荻

亘古不变。生命与美
均与数三有关

一只鸟、岩石与湖水

2021.10.21

一片叶

因了水的缘故
有了鸟的姿态

小小的宇宙中
她有她的微步

凌波或者飞翔
一种阐释,一种想象

2021.10.30

世界,是一只蝶

简单就是美。科学家都是诗人
他们想必会追风
也追黑洞
脑机连接,从复杂中提炼确定
又一次站在风中
轮回与灵魂不灭
乘天梯,我们来一场宇宙之旅
话说你那里下雪
云南邛海有仙女正沐浴在春季
窗外,黄叶纷飞
世界,是一只蝶

2021.11.06

城市在光与影中流动

一切都是魔法。树木生动起来
紫色的树叶,蓝色的丛林
世界仿佛来自未来
人们从开满杂花的巷子里涌出
斑马线被重新分割
孩子、老人、睡眼惺忪的街灯
饭店,正活色生香
灯火通明处。流了蜜的糖葫芦
站在高高的稻草堆上
城市在光与影中流动
桨声叮咚处。一弯三千年前的
新月,托起朱仙镇的四大门神
挂在了启封城的大梁门

2021.11.10

落在光里的事物

从一片月光开始

世界的建构,从一片月光开始
一万匹奔马,从塞北草原腾跃而起
跨过一万座森林
一万条沟壑
一万片黄叶
从白杨执戟的手中飞落
月光激起一万枝向上的枝条
如此瑰丽,如此绵密
只有月光
呼吸、呼吸,轻轻地呼吸
"时间很轻"。论剑的诗句
一万匹奔马从太阳处走失
又在月光处落地

2021.12.18

辑五

鹭岛记忆

最安静的,莫过于
一朵云,云下
一棵老态龙钟的榕树
日渐疲倦

一苇黄昏色的茅草
草旁一汪靛蓝的湖水
守候

一抹羞红
夕阳里眨着眼睛
鹭鸟欲飞翔

秋日的云杉

落在光里的事物

点亮

从谷底走过
我需要爬上山

2019.06.08

长满了绿色的青苔

午夜的等候,原是与雪的邀约
你不来,我不会离开

风吹着草木
风拂过与你走过的世界

有一点痛
有一点冷

温暖的痕迹
是雪地里足履叠放的记忆

踏雪,想折一枝梅
放到你的窗台。就如从前

落在光里的事物

蓦然想起,你那里不会下雪
温柔的地方。天堂

长满了绿色的青苔

2019.02.15

辑五

以一只蝶的时间

缭乱的诗行里
藏着一只蓝色的蝴蝶

在夜幕降临飞鸟投林的时候
在寂寞清冷的夜

在天际一抹胭脂的霞光里
在云杉飘零成羽的季节

在你我的喁喁私语中
翩翩

蝴蝶,蓝色的蝴蝶
在心的草原蛰伏

落在光里的事物

在魂的高山缠绵

翩翩
以一只蝶的时间

2018.11.20

听雪落的声音

她说。走吧,踏雪寻梅
我们便走进洁白。一直

走到灯光与白雪将人间照亮

听雪落的声音
看梅花又一次点亮青春

二十年的心心相印
轻轻地敲击时间的缝隙

一把粉红的小伞,莞尔一笑
南苑的楼里,我第一次见到

落在光里的事物

你。然后
日子，就在那条小径后绽放

2021.01.04

一池小寒

林子里的落叶刚刚好
草也刚刚露出短短的胡须
湖面冰封,蜡梅还在迟疑

管她呢
小狐狸们且一个个疯去

掌心吐出冰
再借一枝折弯了的柳枝
一丛开满了花的蒹葭

顺便在脸颊扑一层粉末
从林子间游荡过去
一定要有一些响动

雪地。哦!这优美的狐
这一池小寒的日子
这凹凸不平的人世

                                                2022.01.06

存在是单声部的

在雾里穿行。存在是单声部的
车子宿醉未醒
世界睁着昏黄的眼

凝视着你。那里不仅有野兽
也有湖水、树木及空气
或自得其意,或颇富涵义

一只蹦跳的麻雀是湖畔的亮色
喑哑了的树枝映出白雪的皑白
世界。无非

从一个视点到另一个视点

落在光里的事物

一座城,一个人,一辆车
此雾非雾。李白从不孤寂

2022.01.10

梅

早春的第一枝梅
在小径的尽头与目光相遇
小径默默向前延伸
梅或旁逸斜出
或开得细细碎碎
不问季节或轮回
只在时令里,寂静而欢喜

偶尔走过一对情侣或老人
梅也只是在眉头敛了清香
小径通幽
也能畅达
梅,始终演绎着一段传奇
与隐喻无关

2022.01.18

龙湖野凫

风雪之中。走过7.20的生命
又一次在湖心中抱团
天地之间,黑白再起搏杀
风从此岸吹起
又在彼岸落下

从湖心出发
明早是否能够抵达

想象的温暖
无非城市上空的一段霓虹
匆匆掠过野凫记忆的墓碑
潦草的芦苇依稀写下
一段文字,一段历史

飞鸟踏雪。只有黑夜

懂得她的黑

2022.01.21

玫瑰开着,或另有其意

外面飘着雪,屋里的玫瑰开着
我看一部电影
写一部影评,不理会这个世界
有时隔着一杯茶
有时隔千山万水
玫瑰静静开着,外面依然飘雪

越来越关心这个世界
也越来越不理会世界
我一边沉湎回家的想象
一边亲人们已经被留在了窗外
此时。窗台有一只黄绿的小鸟
想要走近时,却飞入一场大雪

2022.01.28

雨水时分

天空多么悲悯。借了
白雪的衣衫
披在皲裂的蜡梅枝上

春风一副愚钝的模样
还沉湎于去年的想象

像圣贤书读多了的书生
夜雨多情,马蹄无尘

雨呢?

抬头时。蓝天一如慈母
望向你的眸子

2020.02.20

落在光里的事物

原地

有的人相遇,有的人背道而行
而我,站在原地
孤独是你给予的福气
看一盏灯从枯枝上燃起
看一条鱼游弋在晴空里
忽明忽暗的桥
若隐若现的鸟
明天的落寞正睡在水波里
这是春天。有多少人逝去
便又有多少人相遇

2022.02.26

从不遮蔽:玉兰帖

天空从不遮蔽。从蓝色中
隐退,还植物一分皎洁
二分慵懒
玉兰从洁白中苏醒
将毛茸茸的围脖
裹在去年皲裂的枝头之上
俊俏的脸,微醺似的
恰如陌上骑马而去的少年
执手之间,已是人间经年
趁春天与炮火,尚在对岸
从春风中借一分安宁
在暮色降临之前
徐徐而归

2022.02.27

忧伤或如夜空的蜡梅

今夜我们依然忧伤。无能为力
任凭春风拂过杨柳
与杨柳返青的季节
炮火已渡过第聂伯河
四海八荒的人啊,该如何渡劫

回家的黄丝带,迎春已经缀好
玉兰的小酒杯,也
满上了祝福的米酒
只有红色的木棉,一再迟疑

忧伤或如夜空下的蜡梅
湖畔独自亮着的一颗星
闪烁着,脆弱着

明早依然有咖啡和牛奶

毕竟，我们活着

2022.03.01

雁归来

暮色如一幅油画。大块的色彩
是涂得厚厚的绿
我站在楼门口
一阵灵的震颤
一群北飞的大雁
翅膀上搭载了远行的信息

就在这震颤中呼吸
在抖动的嘶鸣中追忆
那年,我在远方的暮色下想你
而今,你就在身后的暮色里
若隐若现的灯光
若隐若现的翅膀

2022.03.15

以对一朵花的深情来读一本书

那里也有溪流潺潺
蝌蚪就在水底,浅戏者不止有

诗经中吟哦千年的荇
山间流动的风
梧桐的紫色浮动着童年的记忆

还有你
一双眸子,闪过一页经文

真,不会太远
美,就是你看花时的深情

2022.04.23

威士忌加冰：黄昏照影

逆光。我们沿湖而行
黄昏来临之际，睡莲依然笑声嘤嘤
芦苇，陶醉在香槟色的光影中
恰如湖边端坐的女子

一缕光，照在她不再年轻的脸庞上
往事如烟。身体一点点在接近尘土
精神却竭力将暮春时分的憔悴
一并还给路边挂满杨花的雪松

黄昏是杰出的画师
大楼，蒲草，草地上不知名的杂花
水面追逐嬉戏的鹧鹧
一切都在异国的情调中沉醉

大自然认真地端起她的酒杯
来吧!威士忌加冰
且为这初夏的黄昏干杯

2022.05.17

落在光里的事物

时间是一群游鱼

暮色听见花落的声音
悄悄骑在光影的背上。时间
是一群游鱼,若隐若现
子夜时分还在四处游走的灵魂

哪一棵大树是可以栖居的未来
哪一束光影是能抓得住的现在

树荫后有一只尖利的鸟喙
光影于她,依然一往情深
去年夏天买的折扇,遗失在不知名
的街角
暮色深吸一口气,又悄悄潜回湖底

花瓣,兀自慢慢飘落——
初夏,正骑在游鱼的背上

2022.05.23

落在光里的事物

黄昏与昙花

一场雨,如热吻
就要落下

从闷热的书房走出,我看到昙花
在天际间绽放
恰似夏夜的月,云层后绰约舞动

白象,变幻着衣裙
梵阿铃从湖水中悄然升起

一万只火烈鸟,奔涌而来
一万朵水花,寂灭后盛开

2022.07.04

指尖间的宇宙

深沉、醇厚。这窖藏多年的佳酿
是这美人的芬芳

午夜。有一朵玫瑰
盛开在我们离别时分的圆顶教堂

庄周的蝴蝶
若来,世界便永不寂灭

只需轻轻地叩开一扇窗
一切都在时间之外

2022.07.09

独白

每一次圆月升起时,湖水便入了心
潮湿,是临窗而祷的檀香
层层叠叠,涌向故乡

2022.07.13

空房间

一想到那只梦中的蝴蝶
从西到东,穿越时光的海洋
樱花,便落满了河对岸的山上
黄昏近。谁人不渴望一场飞翔

良,他默默整理好所有的勇气
对他的爱人——梅说,在远方
青草地上,有一场雨
正在酝酿

黄昏近。诗人就要和你说到空
属于每一个人的房间
都曾经,也必将是空
"最后一步,你得独自去走"

2022.07.16

一如往昔

栾树已走在路上。璀璨的红色
映红了秋的脸
山岗连着山岗,树林之外
只有那只白色的鸟
还在奋力仰望比家还远的山峦
水的精灵。她说些什么,我懂
世间轮回。分形之外

是另一个分形
此时。她身边的湖水就要干涸
季节一如往昔
炎热与干燥,不分昼夜
虫子或草籽,风吹过时
默默躲在荷叶之下

辑五

只有我和她望向山峦处的眼神
收藏羞涩以及可资过冬的余粮

2022.09.06

绿皮火车

从时间中走过。穿越一个人的春夏
正走往暮色
人间轮回。轨道跟跄,有
交叉相聚,也有分离忧伤
农舍三间,修竹处,断瓦一片
小河默默流淌,白杨静若处子
原野上,悄悄隆起一座新坟

夕阳,照常隐没在地平线上
灌木依然躲在人的视线之外
绿皮火车,跌跌撞撞。只有
门口默默站着的姑娘
一绺随风飘散的长发
记忆深处。青铜器上刻写着的铭文

2022.09.27

辑五

红蓼的旁边是狗尾巴草

红蓼的旁边是狗尾巴草。季节
已经行到最好的时候
天空如洗
狗尾巴草是一把利剑
刺破昨夜的雾霾
黄叶纷纷,如雨如久违的故人

已经四天没有出门了
她将萝卜头放入一杯清水之中
香水兰轻轻越过文昌塔
长寿花如明灭的星辰
夜里新绽了另一朵芽苞

红蓼的旁边是狗尾巴草。静默

落在光里的事物

是生息最好的密码
借由植物的路径,她慢慢攀爬
从《内经》到《差异与重复》
当书页滑过手指
格桑花已对天空说出了神谕
"时间是一场安静的大雨"

2022.10.16

如此轻

时光从轨道上抽离
心无界。文心兰照旧绽放在月夜

保持距离。唯从植物上获取密码
一片樱树的叶

在我起心动念时恰好飘过来
她如此轻,我说的是

我们都如此轻。轻轻地走过尘烟
相见就已相忘

2022.11.11

落在光里的事物

灼伤的时光

"你的手充满时间,你走向我"——策兰

世界不过一隅,却如此热爱
仰望这历经季节颠沛流离的秋叶
交付你的依然是盈眶的热泪

一叶知秋,灼伤的时光萧萧而下
不见不散。神的谕言从高天而来
走向你的,是他掌心的纹理

这缤纷的世界
这静默的可死而复归的草木
从方寸出发,却在方寸之外抵达

2022.11.15

辑五

静夜绘

从一条小径的落叶,看世事轮回
从湖面的雾霭寻找属于他的落日
飞鸟飞过枯骨
昆虫瑟缩在草丛中
一声声低鸣是写给盲人的交响曲

不安是暗夜激荡的湖水,一次次
捶打着飞不动的凫鸟
与黑暗对峙。白蜡树用尽了力气
金黄是冬夜最美的梦
偶尔奔驰的汽车,如一声雷鸣

静夜不动
午夜的手指掐灭了最后的烟蒂

2022.11.25

返回时间的河流

一切都会被宽恕,一切都会被忘记
只有身边的草木,飞矢不动
落叶轻轻漫过一层薄雾
晚安!这花开无声的人间

返回时间的河流,你还是喜欢夜
红月亮的浪漫,呼之欲出
水鸟躲在草丛,一长一低的鸣叫
让人想起夏天。一个人听蛙鸣

不停结网的蜘蛛,总在筹谋将来
日子,不过从一间屋子走出
又回到另一屋子。返回
时间的河流,你的热爱依然奔涌

2022.12.04

只有草木

还是这片柿子林。太阳随鸟儿们的雀跃
每天照常升起
待鸟儿归巢后,月亮便悄悄回到了湿地
芦苇无风也如小雨,敲打不远处的栈桥
平原又一次在暮色下入定

散落的柿子,是留给黄河滩最后的礼物
迸溅的欢喜,已随人们返回时间的河流
一切都会被宽恕,一切都会被忘记
只有草木。飞矢不动

柿子红了,菩提落了
自由的风,轻轻掠过翅羽与游人的衣角
果农的嘴角微微一笑

2022.12.13

转瞬即逝的美

词语已在冷却的嘴唇上熟睡
一切都是现象

你只需转身。比如转瞬即逝的美
比如马奈笔下的丽人

黄昏成全了水鸟

借芦花的素手托起一弯上弦月
霞光自万里外的琉森湖畔起飞

2022.12.26